덜
익은
마음

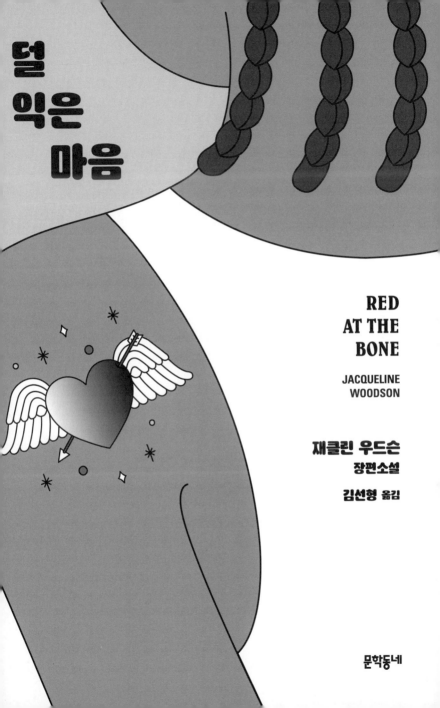

덜
익은
마음

RED
AT THE
BONE

JACQUELINE
WOODSON

재클린 우드슨
장편소설

김선형 옮김

문학동네

일러두기

1. 주석은 모두 옮긴이주다.
2. 본문 중 고딕체는 원서에서 이탤릭체로, 볼드체는 대문자로 강조한 부분이다.
3. 장편소설과 기타 단행본은 『 』, 시와 희곡 등의 작품명은 「 」, 연속간행물, 방송 프로그램명, 곡명 등은 〈 〉로 구분했다.

우리의 선조들을 위하여,
굽이굽이 휘돌아가는
당신들의 기나긴 대열을 위하여

굽이굽이 휘돌아가는

이보게, 잘 지내나? 버틸 만한가?

친구, 돌아가는 사정을 자네도 알지 않나.
하루는 치킨이고, 다음날은 뼈다귀지.

—두 노인의 대화

차례

1

멜로디

하지만 그날 오후에는 음악을 연주하는 오케스트라가 있었다. 음악이 브라운스톤 저택을 가득 채운다. 바이올린 활을 긋고 첼로 현을 퉁기는 검은 손가락들, 호른을 문 짙은 입술들, 플루트에 연분홍색 손톱을 얹은 아담한 갈색 소녀. 맬컴의 남동생은, 검은 피부가 반들거리는 가운데, 진지하게 하모니카를 불고 있다. 어깨가 넓은 여자가 하프를 탄다. 내가 서 있는 층계에서는 창밖으로 호기심에 찬 백인들이 저택 앞을 서성이며 귀기울이는 모습이 보인다. 층계를 내려가는 사이 음악은 부드러워지고 내 머릿속에 흐르던 가사는 속삭임으로 변한다. 나는 니키라는 이름의 소녀를 알았지. 아마 섹스광이라고 할 수도 있을 거야.

보컬은 없다. 어린 소녀는 가사를 몰랐다. 어깨가 넓은 여자는 예전에는 샤워하며 목청껏 불러젖히던 노래였대도, 구원을 받은 지금 그런 가사를 기억할 수는 없다고 한다. 아이리스는 그 노래를 부르라고 허락해줄 리가 없었고 맬컴의 일곱 살짜리 남동생의 보드라운 입은 이미 가득찼다. 그래도 노래는 마치 프린스*가 직접 곁에 서서 불러주기라도 하듯 내 머릿속에서 흘렀다. 나는 호텔 로비에서 잡지를 보며 자위하다가 그녀를 만났어.

그리고 장내는 할머니의 여학생 사교클럽을 표상하는 분홍색과 초록색, 할아버지의 알파클럽** 형제들의 검은색과 황금색 일색이다. 희끗한 머리에 등이 꼿꼿한 알파클럽 형제들은 내가 등장하자 번쩍이는 금니를 드러내며 바리톤 음성으로 "아-파이-아!"를 제창한다. 이어서 목소리를 높여 "스키-위"라고 화답하는 소리가 들린다. 서로 외쳐 부르는 그 함성도 역시 나를 위한 꿈이다. "당연히 너도 언젠가 서약을 해야지." 할머니는 입버릇처럼 말했다. 어린 내게 깜짝 선물로 '우리 할머니는 AKA***'라는

---

* 미국의 싱어송라이터(1958~2016). 1980년대 최고의 가수로 알려져 있으며 선정적인 가사와 파격적인 퍼포먼스로 유명했다.
** 미국 최초 흑인 남학생 사교클럽 알파파이알파(Alpha Phi Alpha).
*** 흑인 여학생 사교클럽 알파카파알파(Alpha Kappa Alpha)의 약자.

밝은 초록색 글씨가 쓰인 분홍색 후드티셔츠를 포장해 건네준 적도 있다. "그게 레거시*란다, 멜로디." 할머니는 말했다. "나도 서약을 했고, 네 할아버지도 서약을 했고—"

"아이리스는 안 했잖아요."

짧은 침묵 뒤에 할머니가 조용히, 내 귀에 입술을 대고 말한다. "네 엄마는 레거시가 아니라서 그래."

"그러니까 이건," 나는 할머니의 클럽 구호를 인용해 속삭였다. "심각한 사안이라는 말씀이시죠."

할머니는 소리 내어 웃고 또 웃었다.

5월의 그 마지막 날의 나를 돌아보라. 마침내 열여섯 살이 된 나를 세상에 내보이는 손길 같은 순간. 비가 이울고 장관의 태양이 떠오른다. 빛살이 스테인드글라스를 통과하며 점점이 부서

---

* 미국의 우등생 사교클럽에서 기존 회원의 가족이나 친척으로 예비 회원 자격을 얻은 사람.

져 원목 마루에서 춤을 추며 뛰논다. 오케스트라 음악이 둥실 떠올라 열린 창 밖의 동네로 나아간다. 브루클린의 대기 중에 항상 존재했던 것처럼. 나를 보라. 스타일러로 편 머리카락이 어깨에서 둥글게 말린다. 붉은 립스틱, 먹색으로 그린 눈. 그 드레스, 아이리스의 드레스, 그 순간까지 아무도 입어보지 않은 채로 아이리스의 옷장에 있던 드레스. 아이리스가 성인식을 치를 때는 이미 내가 있었다. 열여섯 살을 앞두고, 그녀의 배는 벌써 어떤 의식도 해줄 수 없는 이야기를 하고 있었다. 통통하니 애티가 가시지 않은 그녀의 볼살을 강조하는 할아버지의 헐렁한 드레스셔츠, 뒷목에 붙은 잔머리. 그럼에도 그날 오후 우리를 가르는 세월은 오십 년이나 다름없었다. 맨 아래 계단에 서서 나를 지켜보던 아이리스. 그녀에게서 눈길을 돌리던 나. 나는 어디를 보고 있었을까? 아빠? 할아버지? 무엇이든. 누구든. 그녀만 아니라면.

그날 일찍이 아이리스가 내 방에 들어왔을 때 나는 허벅지까지 당겨올린 스타킹을 상아색 가터 코르셋에 끼우려 애쓰고 있었다. 이 스타킹 역시 그녀의 것이었다. 아무도 신은 적 없이, 티슈페이퍼로 포장된 채 상자에 고이 담겨 있었다. 자칫 찢어질 수 있는 스타킹을 가터에 고정하기란 쉽지 않았다. 나는 이것도 할머니에게서 배웠다. 할머니는 할머니의 어머니에게서 배웠고,

그렇게 거슬러올라간다. 어머니가 딸을 선보이는 전통에서 한 세대를 건너뛰는 건 내가 처음이다. 이것, 그러니까 코르셋을 입고 가터를 끼고 실크 스타킹을 신는 일도 아빠와 내가 할머니 할아버지와 함께 사는 저택만큼이나 오래되었다. 계급과 시대와 이행을 상징하는 이 의례는 코티용*의 시대로 더듬더듬 거슬러올라가는데, 거듭 형태를 바꾸고 또 바꾸더니 이것들, 어느 잊힌 조상의 가터 코르셋과 먼지처럼 고운 새 실크 스타킹이 되었다.

"이번 판은 네가 이겼나보다." 그녀가 말한다. "프린스로 해."

나는 아이리스를 올려다보았다. 내 앞에 선 그녀는 전날 밤 핀으로 단단하게 말아두었던 머리를 풀고 있다. 숱이 많은 불그레한 머리카락이 곱슬곱슬 말려 귓가로 탄력 있게 튀어올라간다. 볼살은 오래전에 쏙 빠지고, 높고 눈부시게 아름다운 광대뼈가 드러났다. 나는 손바닥으로 얼굴을 지그시 눌러 살갗 아래 같은 골격을 느낀다.

---

* 18세기 프랑스를 중심으로 유럽에서 유행한 무도회 춤곡. 성년이 된 상류층 여성을 사교계에 데뷔시키는 무도회를 뜻하기도 한다.

"난 경쟁인 줄도 몰랐어, 아이리스."

한때, 오래전에 그녀는 '엄마'였고 나는 보조개가 쏙 들어가는 아기 손으로 그 목에, 그 팔에, 그 배에 꼭 매달렸다. 그 기억이 난다. 내가 얼마나 그녀를 향해 손을 뻗고, 뻗고 또 뻗었는지. 엄마. 엄마. 엄마.

그 드레스, 아무도 입지 않은 흰색 드레스는 침대 위 내 옆에 펼쳐져 있다. 그 뒤에는 레이지어게인스트더머신*의 1997년 콘서트 포스터 액자. 아빠와 나는 우탱클랜**이 오프닝 공연을 한다고 해서 보러 갔었다. 그때 나는 열두 살이었다. 어찌나 열심히 소리치고 랩하고 환호했는지 다음날 우리는 집에서 쉬면서 레몬꿀차를 마시며 쓰린 목을 달래야 했다. 그 포스터는 전문가에게 맡겨 표구했다. 무광의 회색 바탕에 붉은 글자, 거대한 흑색 액자 덕분에 흑백사진의 무채색이 돋보였다. 그 옆에는 또다른 포스터. 누군가 엄마와 아빠 중 하나를 고르라고 하면 나는 눈을 깜박이지도, 말을 더듬지도 않을 것이다. 어린아이처럼 아

---

* 미국의 메탈록밴드. 사회 비판적인 가사로 유명했다.
** 미국의 힙합 그룹. 투박한 비트의 갱스터 랩으로 1990년대 큰 인기를 끌었다.

빠 품에 뛰어들어 안겼을 것이다.

"요즘은 뭐든 경쟁이 붙는 느낌인걸. 언제부터인가 나는 네 적이 되었잖니." 그녀는 손을 목에 지그시 대더니, 아직 멀쩡한지 확인하려는 듯 빗장뼈를 손가락으로 부드럽게 쓸었다. 금팔찌가 손목에서 스르륵 미끄러져내려왔다. 작은 다이아몬드들이 빛을 받아 반짝인다. 나는 꿀꺽 침을 삼키며, 사랑스럽다는 말이 나의 엄마를 지시하는 온갖 방식을 질시하고 또 숭모했다. 아직도 너무나 낯설고 이상하다, 우리 둘이 그토록 다르다는 것이.

나는 스타킹을 멍청한 가터에 끼우려다 결국 포기하고 그냥 그 자리에 앉았다. 그러고는 팔꿈치를 허벅지에 올려 손을 늘어뜨린 채로 그녀를 응시했다.

"이해가 안 돼. 이건 내 행사인데 아이리스가 음악에 고집을 부리고 있잖아. 본인 행사는 그렇게 날려버리고 기억—"

"아니야, 내 뱃속의 아기가 날렸어. 기억나니?"

"어디 그렇게 말하기만 해봐, 아이리스." 그리고 한순간에, 이

전에도 수없이 그랬듯, 나는 말을 잃었다. 툭 떨어지는 말을 바라보았다…… 아니. 말은 우리 사이의 공기에서 방산放散되었다…… 방산되다. SAT 모의고사에 나왔던 단어다. 그 단어는 모의고사에 자꾸 나오고 또 나오다 우리와 함께 이 방안에 안착했다. 우리 엄마, 그리고 나 사이에. "그런 소릴 감히 하기만 해봐. 내가 낳아달라고 한 거 아니야. 나는, 아빠하고 그거 하라고 한 적 없어. 기다릴 수도 있었잖아."

아이리스는 나를 보며 한쪽 눈썹을 쓱 치켜올렸다. "너 설마 무슨 순결을 지키고 어쩌고 그런 얘기를 지금 나하고 할 생각은 아니겠지."

"기다릴 수도 있었잖아. 둘이 무슨 다급한 사정이 있어서 그걸 한 것도 아니고."

"섹스 말이니? 정말 너 그 말을 입 밖에도 못 내는 거니? 섹스, 멜로디. 그냥 두 글자짜리 단어일 뿐이야."

"말할 수 있어. 지금 당장 말할 필요가 없을 뿐이야."

"그래, 우리가 네 말대로…… 기다렸다고 치자. 그럼 너는 지금 어디 있겠니?"

"날 낳고 후회돼서 씨발 아주 죽겠잖아."

"욕하지 마. 난 너 후회 안 해. 네가 없는 이 세상은 상상할 수도 없어."

"그럼 왜 그래?"

아이리스는 침대로 와서 드레스를 사이에 둔 채 나와 나란히 앉았다. 그러고는 드레스를 손으로 아련하게 쓸었다. 드레스 손목에는 코바늘로 뜬 하얀 꽃무늬 레이스 장식이 달려 있었다. 길게 끌리는 옷자락은 실크와 새틴을 교대로 붙여 지었다. 봉제사가 몇 달에 걸쳐 드레스를 짓고 있을 때, 할머니와 할아버지는 아이리스의 임신을 알게 되었다. 태가 나기 시작할 무렵에는 이미 드레스가 거의 완성되어 대금을 지불해야 했다.

"모르겠어……" 나보다 드레스를 보고 하는 말 같았다. "프린스라서. 우리 부모님이라서. 네 아빠라서. 나라서. 벌써 네가 열여섯 살이라서. 그 세월은 다 어디로 가버린 걸까? 미쳤어."

아이리스의 목소리가 울컥 메었는데 나는 그게 듣기 싫었다. 감당하고 싶지 않았다. 지금은 싫었다. 오늘은 나의 날인데 그럴 수는 없다.

"그냥 프린스일 뿐이잖아, 젠장! 무슨 N.W.A*나 릴바우와우** 에 맞춰 걷겠다는 것도 아니고—"

"험한 말 쓰지 마, 멜로디. 너답지 않아. 그리고 N.W.A는 뭐고 릴 어쩌고는 뭔지…… 난 무슨 소린지 알아듣지도 못하겠다." 아이리스는 나를 보지 않았다. 그저 계속 드레스만 손으로 이리 저리 쓸어볼 뿐. 우리는 손가락이 똑같이 생겼다, 길고 가늘고. 피아노 잘 치는 손가락이라고, 사람들은 말했다. 하지만 피아노 를 연주하는 건 아이리스뿐이다.

"그냥 프린스로 정했다는 말이야. 내 성인식이고 프린스는 천

---

* 미국의 힙합 그룹. 공격적인 가사로 '세상에서 가장 위험한 그룹'이라는 별명이 붙었다.
** 미국의 래퍼. 갱스터 래퍼 스눕독에게 발탁되어 최연소 솔로 래퍼로 데뷔했다.

재니까. 왜 우리가 아직 이런 얘기를 하고 있어야 해? 벌써 가사는 안 된다고 퇴짜놨잖아. 최소한 음악은 허락해달라고. 아빠는 괜찮다고 했어. 아빠도 프린스 좋아해. 아, 진짜!"

한참을 우리는 아무 말이 없었다. 무언가가 내 가슴속을 면도 날처럼 가르며 움직였다. 그때는 분노인지 슬픔인지 두려움인지 알 수 없었다. 아마 아이리스도 느꼈던 모양이다. 내 곁에 가까이 다가앉아 내 목 뒤에 손을 얹고 내 머리칼에 입술을 대었던 걸 보면. 하지만 난 그 이상을 원했다. 안아주거나, 귓전에 친절한 말을 속삭여주거나. 아름답구나, 어떤 곡을 틀든 괜찮아, 사랑한다, 그런 말을 듣고 싶었다. 가터와 스타킹 같은 황당하고 터무니없는 물건들을 놓고 함께 웃어주길 바랐다.

그러는 대신, 아이리스는 일어나서 창가로 다가가 커튼을 열어젖혔다. 동네를 빤히 내려다보며 곱슬거리는 머리카락을 마저 풀었다. 부슬비 내리는 바깥은 회색빛이었다. 아래층에는 오케스트라가 이미 와 있었다. 바이올린을 켜는 활 소리가 들렸다. 할아버지가 피아노로 멍크*를 연주하는 소리가 귀에 선히 들렸고,

---

* 미국의 재즈 피아니스트이자 작곡가(1917~1982).

나는 멍크의 옹이진 손등뼈와 검은 손가락을 상상할 수 있었다.

"맬컴이 마음에 들어?"

그녀는 다시 나를 돌아보았다. 미간에 주름이 지고 눈에는—어렸을 때 나는 그 눈을 갖고 싶어 기도하곤 했다. 부탁이에요 하느님 아침에는 아이리스의 예쁜 호박색 눈으로 일어나게 해주세요—붉은 핏발이 서 있었다. 부탁이에요 하느님 이제 아이리스 같은 눈은 영영 갖고 싶지 않아요.

"맬컴? 당연하지. 좋아해. 여전히 얼마나 다정한 앤데." 아이리스는 나를 바라보았고 입꼬리가 올라가며 반쯤 미소 지었다.

"왜, 뭐?"

"정확히 뭘 물어보는 거니, 멜로디?"

"걔가 나한테…… 좋은 것 같아? 그러니까 나한테 좋은—모르겠다."

나는 아이리스를 올려다보았다. 처음부터 끝까지, 시작부터 아기까지, 그런 걸 다 겪어본 사람 중에 내가 물어볼 사람이 또 누가 있다고? 첫 키스부터 몸에 닿는 손길을 거쳐 섹스까지. 그런 건 대체 어떻게 어디서부터 시작하는 걸까? 진도는 또 어떻게 나가고? 그런 해답을 내게 줘야 할 때가 바로 지금 아닌가? 나한테 모든 이야기를 해줄 때가 된 거 아니야?

"너희는 기저귀 차던 시절부터 알고 지냈잖니. 그런데 그애는 처음부터 늘 그랬잖아…… 그렇지 않니?"

"뭐가 그렇다는 건데?"

"아무것도 아니야. 신경쓰지 마." 아이리스는 항복한다는 듯 양손을 치켜들었다. "내가 보기에 걔는," 그러더니 웃으며 다시 말문을 열었다. "너는 그냥…… 걔가 좋아하는 타입이 아닌 것 같은데."

"걔를 속속들이 잘 알지도 못하면서. 나도 그렇고."

"말했잖니, 난 그애가 기저귀 차던 시절부터 봐왔다고."

"맞아, 아이리스. 우리 둘 다 기저귀 차고 있던 시절은 까마득한 옛날이야."

우리는 조용해졌다. 전 세계에는 엄마의 모습을 어린 소녀부터 나이든 여자까지, 안팎으로 속속들이, 아주 깊이 잘 아는 딸들이 많이 있을지도 모르겠다. 나는 아니었다. 아기 때도 기억 속 그녀는 그저 내 곁으로 반쯤 오다 만 존재일 뿐이었다.

"있잖아, 내가 그분들한테서 너를 숨겼어." 아이리스가 말했다. 드디어 내 머릿속을 들여다봤다는 듯이. 거기서 뭔가를 봤다는 듯이. "그래서 네가 여기 이렇게 있는 거야. 그때는 그분들이 뒈지게 신실한 천주교인이긴 했지만, 그래도 너는 흙으로 돌아갔을 거야."

"누군데?"

"누구한테서, 멜로디. 누구한테서라고 해야지."

난 코르셋 안으로 땀을 흘리기 시작했다.

"네 할아버지 할머니. 네가 사랑하는 할아버지 할머니."

"아이리스도 몰랐다면서. 나한테는 몰랐다고 했잖아."

"몰랐다고 한 적 없어. 어떻게 해야 할지 몰랐다고 했지."

아이리스는 갑자기 말을 뚝 그치더니 나를 보았다. 매섭게.

"너 규칙적으로 생리해?"

"뭐라고…… 물론이지! 왜 이래, 아이리스?"

그녀는 숨을 길게 내쉬고 고개를 저었다. "됐어. 그러니까 규칙적으로 생리를 하다가 멈췄는데 네가 갑자기 초능력 운동선수나 무언가로 변해서 그런 게 아니라면, 그럼 십중팔구 임신을 한거야. 혹시 너한테 아무도 말해주지 않았을까봐 그냥 하는 얘긴데—"

나는 귀를 막았다. "난 문제없어. 이런 얘기 들을 필요도 없고.

오늘은 싫어. 아이리스한테서 듣고 싶지도 않아. 됐어, 사양이야."

"나한테는 아무도 그런 말을 해주지 않았어. 그래서 내가 너한테 말해주는 거야. 우리는 이런 대화를 할 수 있는 사이야. 난 임신 사 개월이 됐을 때에야 임신의 뒷면에는 '모성'이 있다는 걸 알게 되었지."

"당연한 얘기잖아." 내가 말했다.

"당연한 얘기지." 그녀가 말했다. "지금은 나도 알아."

"어떻게 그걸 모를 수가 있어―그걸 모르는 게―아니 됐어. 난 도대체 이해가 안 돼."

오케스트라는 〈지닌, 나는 라일락 필 때를 꿈꾼다오〉*로 워밍업을 하고 있었다. 맬컴의 남동생과 우리 할아버지가 함께 가사를 따라 부르는 소리가 들려왔다. 한 목소리는 높고, 다른 목소리는 낮고. 한 목소리는 젊고 불안하고, 다른 목소리는 맑고 깊

---

* 1928년 개봉한 무성영화 〈Lilac Time〉의 테마곡.

고. 나는 일 분쯤 눈을 감고 있었다. 그 노래는 집안에 있는 사람 그 누구보다도 나이가 많았다. 트럼펫 주자의 솔로 연주가 방금 그 목소리들이 있던 자리를 지나 두둥실 떠오를 때, 나는 갈비뼈가 부서지는 듯한 느낌을 받았다. 이 모든 것에 너무 많은 게 담겨 있었다. 너무나. 많이. 나는 아이리스에게 이렇게 말하고 싶었다. 꼭 누군가의 영원으로 둥둥 떠내려가려 애쓰는 느낌이야. 하지만 다시 눈을 들어 그녀를 보았을 때 아이리스는 엄지손톱 끝을 물어뜯고 있었고, 왼쪽 눈썹은 그녀가 스트레스를 받을 때 늘 그러듯 펄떡거리고 있었다.

"오브리에게는 말했어." 손가락을 입에서 떼어 찬찬히 살펴보며 아이리스가 말했다. "그런데 우리 둘 다 몇 달간은 아무 일도 없다는 듯 연기를 했지. 아직 어렸고, 모른 척하면 문제가 사라질 줄 알았거든. 나는 도저히 안 될 때까지 너를 숨겼어. 할아버지의 버튼다운셔츠를 입고 다니면서 그게 유행하는 스타일이라고 했지."

"나를 지우고 싶었어?"

"나는 어린애였어, 멜로디. 지금 너보다 어렸단 말이야. 네가 태어난 모습을 보고 싶었어. 너를 안고 싶었어. 그 말이 사실이라서, 누군가와의 섹스가 또다른 인간을 만들 수 있다는 사실에 너무 놀라서 멍했단 말이야."

할아버지의 옷을 입은 그녀를 상상해보았다. 그녀는 모든 면에서 여성스럽고 딱 떨어지고 완벽했다. 모든 면에서 나와 정반대로 느껴졌다. 할아버지 옷을 입은 나라면 상상할 수 있었다. 그러나 그녀는 떠오르지 않았다.

"너를 원했어, 네가 내 몸안에서 자라기를 원했어, 너를 내 팔로 안고 싶었어, 너를 어깨에 짊어지고 싶었어 —"

그녀는 조용해졌다.

"그러다가 그 마음이 없어졌지, 그렇지?"

그녀는 고개를 저었다. 다시 입을 뗄 때까지 또 시간이 흘렀다.

"없어진 게 아니야. 그냥 달라진 거야. 너도 알게 될 거야. 그러니까, 알게 되면 좋겠어. 사랑은 변하고 변해. 그러다가 또 변해. 오늘, 그 사랑은 저 드레스를 입은 네 모습을 보고 싶은 나야." 그녀가 말했다. "저 드레스를 입은 나는 옛날에 끝나버렸으니까, 네게서 나를 보고 싶어. 열여섯은 갔어. 그리고 열일곱도, 열여덟도. 다 가버렸어."

나는 드레스를 내 쪽으로 끌어당겼다. 실크와 새틴에 덧댄 레이스, 티드레스* 기장에 스탠드칼라가 달린 드레스. 재단사는 허리를 조이고 골반에 넉넉하게 여유를 두었다. 그는 드레스 단을 들어올려 기장을 늘일 만한 여유가 있는지 살펴보았을 것이다. 여유가 그다지 충분치 않자 최대한 기장을 늘인 뒤 마감되지 않은 드레스 밑단에 새틴 장식을 둘렀을 것이다. 할머니는 그의 작품을 보고 얼마나 뿌듯해했는지 모른다. 내가 의상실에서 두 사람을 위해 빙글 돌자, 재단사는 흐뭇하게 고개를 끄덕였고 할머니는 눈물을 훔쳤다.

아이리스는 다시 창 쪽으로 돌아섰다. 또다시 침묵.

---

* 영국의 애프터눈 티 파티에서 입는 드레스로, 대개 발목 바로 위까지 내려오는 디자인이다.

나는 그녀의 등을 물끄러미 바라보았다. 아마 이 순간에 비로소 나는 내가, 기나긴 대열을 이루는, 하마터면 지워질 뻔한 서사들의 일부라는 걸 깨달았을 것이다. 부정否定의 아이. 헛된 희망의 아이. 아이리스와 아빠가 서로를 그런…… 식으로 원하던 시절의 아이. 그들이 서로에게서 그토록 갈구하던 무언가가 변해 내가 되었다. 그녀를 속절없이 사랑하는 작은 아이였던 나는, 아빠가 그녀를 두 팔로 안을 때마다 울곤 했다. "내 거야"라고 말했고 둘이 웃음을 터뜨리면 더 크게 울었다. 기나긴 대열을 이루는, 악에 받친 일련의 싸움들이 지금 여기 우리에게로 이어진다. 우리가 번갈아가면서 서로를 밀어냈던 십육 년의 세월. 그녀가 이겼다. 내가 아니라. 지금 여기 이렇게 있는 건, 반쯤 머리를 말고, 내게 등을 돌리고, 새틴 가운 아래 하프슬립과 브래지어를 입은 여자였다. 너무나 자주 내 언니라는 오해를 사는 여자. 여기 이렇게 그녀가 있었다. 그녀는 그 심오한 무지 속에서도 마음 깊숙이 알고 있었다. 지금 여기야말로, 나를 붙잡아놓고 열다섯 살에 머물렀다면 얼마나 쉬웠을지 알려주기에 딱 맞는 시간, 딱 맞는 장소라는 걸. 내가 아빠 못지않게 사랑했던 이들이 나를 선택의 문제라고 생각했을 수도 있다는 걸. 나 임신했어, 라는 말이 조금만 더 일찍 나왔다면 그 두 단어는 내 시작의 끝을 의미했을지도 모른다. 너무나 많은 시작의 끝.

아이리스의 등은 좁고 곧았으며 섬세한 새틴 가운 아래의 어깨는 직각으로 떨어졌다. 그녀는 서른세번째 생일을 열네 달 앞두고 있었다. 예수님이 십자가에 매달려 천천히 피 흘리며 죽었던 나이. 학교에서 이 이미지를 놓고 토론한 적이 있었다. '직설'인지 '은유'인지. '진실'인지 '허구'인지. 휘트먼은 신에 관한 문제는 논쟁하지 말라, 라고 말했다. 그때 우리는 9학년이었고 우리의 믿음과 목소리의 힘에 대해 경험이 없었다. 그래서 우리는 논쟁을 했다. 그러나 이제 나는 십자가에 매달리는 데는 수많은 길이 있다는 걸 알았다. 어머니의 사랑이 변해 불가해한 다른 것으로 탈바꿈한다든지. 다른 세대의 꿈들이 유령처럼 묻은 드레스라든지. 불과 재와 상실의 역사라든지. 레거시라든지.

그날 저녁, 음악이 높게 울려퍼졌고 나는 천천히 계단을 내려가 사람들이 모인 곳에 들어섰다. 나는 아이리스를 찾았고, 아빠 옆에 서 있는 그녀를 보았다. 아빠는 검은색 정장을 입었고 아이리스는 짙은 파란색 옷을 입고 있었다. 이제는 판판해진 배에 손을 얹고 있었다. 나를 추방해버렸을 수도 있었던 복부. 오케스트라가 소리를 높여 〈달링 니키〉*를 연주하기 시작하자 나는 눈물을 참으려고 밭게 숨을 들이마셨다. 이런 건 예상하지 못했다.

한 챕터의 끝을 느끼게 될 줄은 몰랐다. 내 삶에서 소녀 시절은 이제 끝났다.

아멘. 끝. 아멘.

카메라들이 플래시를 터뜨리자 맬컴이 내 손을 잡고, 진중하고 자긍심에 찬 할아버지 할머니가 있는 좌중 한가운데로 이끌었다.

이것이 두 분의 완벽한 순간이다. 하마터면 지워질 뻔했지만 유산되지 않은 역사. 그리고 백 년이 넘는 역사를 지닌 이 집. 수 세대에 걸쳐 살았던 사람들이 모두 춤을 춰요라든가 아셰**라든가 조상님들이 집안에 계셔, 무슨 말을 할까?라는 말을 해왔던 이 집. 나와 내 주위의 만물과 모든 사람은 이제 현실이 된 그들의 꿈이다. 이 순간이 문장이라면 나는 마침표일 것이다.

---

* 프린스의 히트곡.

** Ashé. 나이지리아 요루바족의 언어에서 유래한 말. 서아프리카의 신과 같은 존재인 올로두마레가 만물에 나눠주는 기운을 뜻하며, 일상 대화나 노래에서 변화와 생산을 촉구하는 주문으로 쓰인다.

이 집과 이 사람들. 나는 줄곧 생각했다. 이 집과 이 사람들. 씨발 그래서 그게 다 누군데? 나는 아이리스를 몰랐어. 그러나 정말로, 내가 그들 중 하나라도 알았던가? 정직하게? 깊이? 피부, 뼈, 살과 골수까지?

맬컴이 내 허리에 팔을 두르고는 내 귀에 대고 속삭였다. "우리는 너무나 검고 사랑스러워, 저들 모두 까맣고 파랗게 멍든 것처럼 마음이 아플 거야."

자세히 보라. 2001년의 봄이고 나는 마침내 열여섯 살이 되었다. 이런 순간을 보낸 조상들이 몇백 명이나 될까? 그들 삶의 서사가 다시 한번 영원히 변하기 전에는 바흐와 엘링턴*, 멍크와 마레이니**, 후커***와 홀리데이****가 있었다. 그들이 알던 세상이 끝나기 전, 그들은 처음으로 하이힐을 신고 귀에 스타일러에 덴

---

* 미국의 재즈 작곡가이자 피아니스트(1899~1978).
** 미국의 블루스 가수(1886~1939). '블루스의 어머니'라 불린다.
*** 미국의 블루스 가수이자 기타리스트(1917~2001).
**** 미국의 재즈 가수(1915~1959).

상처를 안고 가터 스타킹을 신고 립스틱을 바르고 앞으로 나섰다.

　이제 맬컴이 내 손을 치켜들고, 우리가 천천히 케이크워크*를 추기 시작하자 트럼펫이 루이 암스트롱의 곡을 장내로 불어낸다. 그때 맬컴이 내게 윙크한다. 우리의 두 다리가 허공을 차고 빙글 돌아 다시 우리의 몸 뒤로 돌아온다. 식장의 다른 사람들도 무도회장으로 들어와 함께 춤을 추기 시작한다. 우리 십대들의 발들이 박자를 맞춰 움직이고 손들이 공중으로 치켜올라간다. 우리가 얼마나 아름답게 검은지 보라. 우리가 춤을 출 때 나는 열여섯 살의 멜로디가 아니다. 오래전 엄마와 아빠가 혼외로 낳은 자식이 아니다. 나는 서사다. 하마터면 잊힐 뻔한 누군가의 이야기다. 기억이다.

---

* 19세기 말 미국 남부의 흑인 노예들 사이에서 탄생한 춤으로, 경쾌한 리듬이 특징이다.

2
오브리

그의 딸이 계단을 내려오고 있었다. 장인과 장모가 돈을 주고 부른 오케스트라가 연주를 시작하자, 그애가 계단을 한 칸씩 내려왔다. 마치 세상이 그애를 위해 멈춰 선 듯, 이 순간이 그애가 지상에 존재하는 유일한 순간인 듯했다. 그리고 그애는 정말이지 지독하게 예뻤다. 이 아이, 아니 이 여자. 그의 씨앗, 밤을 향해 내뱉은 울음. 사과와 변명인 이 아이. "아이리스, 난 그럴 의도가 아니었어. 젠장, 내가 정말, 정말 미안해." 그 일이 일어났을 때, 아이리스를 너무나 많이 닮은 아이, 높은 광대와 처진 눈과 미소가 정말이지 너무나…… 그 미소 뒤의 그게 뭐였더라? 오랫동안 숨겨온 너에 대한 비밀. 둘 다 너를 알고, 네가 어떻게 지내왔는지 안다. 너를 꿰뚫어보고 맛보고 냄새를 맡을 수 있다는 듯. 오브리는 그 미소를 지난 십사 년에 걸쳐 얼마나 여러 번 봤는지 모른다. 아니 십오 년, 십육 년인가. 세월은 어디로 갔을까? 그런데도 여전히.

그런데도 여전히, 멜로디가 그들을 향해 걸어오고 기똥차게 편곡한 프린스의 노래가 집안을 가득 채우는 이 순간에도.

오브리는 갑자기 손을 어디 두어야 할지 몰라 벽에 기대섰다. 아이리스는 손을 입에 대고 있었다. 하지만 아이의 아버지는 그의 손을 어디 두어야 하는 걸까? 그의 커다란, 활짝 펼쳐진 손. 바라는 것이라곤 오로지 아이에게 뻗어 아이를 꼭 안고 세상으로부터 숨겨주는 것뿐인 이 손들은 어디로 가야 하나? 열일곱 살 나이에 아이의 작은 몸에서 냄새나는 기저귀를 홱 벗기고 빨갛게 헌 엉덩이에 A&D 연고를 발라주고 따끔거리는 통증이 멈출 때까지 안고 달래주는 법을 배운 이 손들. 어마어마하게 큰 손으로 연약한 머리를 받치고 한쪽 어깨에 걸쳤다가 가슴으로, 무릎으로, 두 팔로, 등으로, 두 어깨로 안고 업었고, 아이가 너무 빨리 앞서 달려가면 그애 어깨에 손을 얹기도 했다…… 그런데 지금 계단을 내려오는 이 사람은 누구인가? 그가 만들고 기르고 사랑했던 아이. 맙소사, 분열되는 세포 하나하나를 얼마나 사랑했던

가. 까끌한 머리칼, 목에 옴폭 팬 쇄골, 손톱의 반달. "이걸 보면 네가 나중에 남자친구를 몇 명이나 사귀게 되는지 알 수 있지. 두고 봐, 온 세상이 조심해야 할걸!" 그리고 손톱의 반달이 흐릿하게 사라지기 시작하자 흘리던 눈물. "그럼 이제 아무도 나를 사랑하지 않을 거라는 말이야, 아빠?"

그의 어린 딸이 계단을 내려오고 있고 이제 그는 울고 있다. 노골적으로, 소리 없이. 아무도 손을 어디 둬야 하는지 말해주지 않았다. 호주머니에 손을 찔러넣는데 아이리스의 시선이 문득 꽂혔다. 그는 다시 손을 빼서 재빨리 눈가를 훔쳤다. 뒷짐을 지고 깍지를 낄까? 벽을 짚을까? 팔을 들어올려 정수리를 감쌀까? 팔짱을 낄까? 어떻게 해야 잘하는 걸까? 왜 항상 그는 올바른 처신이 무엇인지 모르는 걸까?

항상, 언제나, 그의 몸 깊은 곳에는 어떤 메아리가 있다. 정확히 기억나지는 않지만 기쁨에 가까운 무언가에 대한 허기가 있다. 아니, 그것은 기쁨이었다. 멜로디 전에. 아이리스 전에. 아직 어린 소년이었을 때. 떠오르다 스러지는 기억 속에서, 그는 어머니의 뒤를 따라 걷고 있다. 코퍼스크리스티. 휴스턴. 뉴올리언스. 모빌. 탤러해시. 두 사람은 언제나 해안을 따라, 물과 가까운

곳에 자리를 잡는다. 그것은 물의 감촉에 대한 기억 비슷한 것이었다. 그 냄새. 맨발에 철썩이는 따뜻한 거품. 그는 너무나 오랫동안, 그것이 진짜 바다라고 믿었다. 끝이 없다고 생각했다. 쭈그려앉아 모래에서 게를 파낼 때면, 땅을 파다보면 다른 나라에 닿을 줄 알았다. 반대편 모래 속으로 걸어나가 그곳에서 또래 남자애들을 만날 수 있을 줄 알았다. 얼간이의 꿈. 말랑말랑한, 어린애다운 꿈. 그는 짧게 자른 바지와 해어진 티셔츠를 입고 백인이나 마찬가지인 어머니를 뒤따라가는 소년이었다. 그게 다였다. 그리고 두 사람이 찾아낸 비좁은 아파트─미용실들을 지나고 철물점들 뒤편으로 돌아 어둑어둑하고 오줌냄새가 나는 기다란 골목을 내려가면 나오는─에서 혼자 잠이 깨는 밤이면 어머니가 친구를 만나러 갔다는 걸 알았고, 그런 밤 그녀는 그 친구의 체취를 묻히고 돌아왔다. 그녀는 호주머니에서 꼬깃꼬깃한 지폐를 꺼내놓고는 화장실 바닥에 김이 서려 미끄러울 정도로 뜨거운 물을 틀고 목욕을 했다. 그 친구들은 누구였을까? 어째서 그는 한 번도 만나보지 못했을까? 정말이지 그는 얼마나 얼간이 머저리였던가.

마침내 용기를 내어─아홉 살이었던가? 열 살이었던가? 이제는 너무 흐릿해진 기억이다─아빠도 친구였는지 물었을 때 엄마가 보인 웃음이 어찌나 깊고 가슴 저미던지, 오브리는 질문을 무르고 싶었다. 잘게 잘게 잘라버리고 싶었다. 그 질문이 두 사람 사이 공기의 일부가 되어버린 걸 모른 체하고 싶었다.

"아니야, 오브리. 네 아빠는 대가 없는 맑은 사랑이었단다."

오브리는 그 생각을 하는 게 좋았다. 두 사람이 서로 사랑해서 그를 만들었다고.

이제는 그 사연을 알았다. 이제 그는 남자였다. 이제 그에게도 자식이 있었다. 그의 아버지는 음악가였다. 푸르도록 검은 피부에 아름다웠다고, 어느 오후에 엄마가 말해주었다. 그때는 어디서 살고 있었더라? 또다른 해변 마을이었는데, 어디였을까? 비가 내렸지만 따뜻한 비였다는 기억이 난다. 반바지가 흠뻑 젖었고 웃통은 벗고 있었다. 어머니가 그 말을 하기 직전에 그가 멱을 감고 왔던 것 같기도 하다. "너를 만든 그 남자 얘기를 나눌 때가 된 것 같아. 그런 다음에 엄마는 그 얘기를 다시는 하고 싶지 않아. 똑똑히 알아들었지?"

머리가 아플 정도로 열심히 끄덕거렸던 것 같다. 이 이야기에 굶주려 있었다. 해가 가고 또 가는 내내 바라왔다. 아주 작은 아이였을 때, 해안에 판자를 깔아 만든 산책로에서 담배를 피우고 있는 남자의 손을 잡으려 했던 적이 있다. 남자는 키가 크고 크림색이었으며 실눈을 뜨고 물을 바라보고 있었다. 오브리는 그 남자의 빈손이 아름다워 넋을 잃었다. 긴 손가락이 그들과 물과 모래 사이를 가로막은 철제 난간을 휘감고 있었다. 그의 어머니는 어디론가 가고 없었다. 어쩌면 화장실에, 어쩌면 함께 먹을 든든한 핫도그를 사러 갔을 것이다. 모든 재료를 덤으로 잔뜩 더 넣어준 핫도그. 사우어크라우트와 양파가 손가락 사이로 흘러내리는 핫도그. 나중에 봉지가 납작해질 정도로 쪽쪽 빨아먹을 여분의 케첩까지 주는 핫도그. 이유야 어찌되었든, 혼자 남은 그는 남자의 눈 밑에 흩뿌려진 주근깨가 보일 정도로 가까이 있었다. 오브리는 더 가까이 다가가서 난간에 등을 기댔다. 남자를 올려다보면서 손가락을 꼼지락거리며 다가가 마침내 손등뼈 위로 움직이는 보드라운 살갗을 만졌다. 아마 그때 어머니가 나타났을 것이다. 그녀가 그의 이름을 부르더니 남자에게 사과하며 손을 홱 잡아당겼다. 나머지 기억은 이제 대체로 사라지고 없다. 그러나 머지않아—그가 살점까지 뜯을 정도로 손톱을 씹어대던 빠작빠작 소리 사이로, 조수처럼 밀려왔다 쓸려가는 그녀의 말들을 통해서—그는 아버지를 만났다.

"그는 재즈밴드를 이끌고 샌타크루즈에 왔었지. 트럼펫을 불었어. 엄마는 온 우주가 그 사람과 사랑에 빠졌다고 생각했단다."

남자가 된 이제는 지독한 클리셰로 느껴지는 이야기지만 어릴 때는……

고기가 너무 먹고 싶었지만 다른 무언가로 배를 채워야 했던 어릴 때는……

"엄마는 그 무렵 졸업을 한 달 앞두고 있었고, 트럼펫을 문 그의 입매와 나를 바라보는 눈길이 어쩐지 특별하게 느껴졌어. 나를 바라보는 눈길 말이야."

오브리는 멀리 물을 바라보던 어머니를 기억한다. 둘이 축축한 모래밭에 앉아 그녀의 팔에 머리를 대고 있던 것을 기억한다. 따뜻한 비가 내리고 있었다. 벼락처럼 번득이는 기억들. 번쩍임. 어둠. 번쩍임. 어둠.

"하지만 한참 연락이 닿지 않았어. 일주일을 함께 보내고 나서, 그이는 이스트코스트 어딘가로 가야 했고 난 한동안 혁명에 휩쓸렸거든."

어머니의 다정한 웃음을 기억했다. 그날따라 그 웃음 뒤로 얼마나 깊은 슬픔이 서렸던지. 그는 놀라서 손톱을 깨물다 말고 그녀를 올려다보았다.

"그리고 우리는 다시 버클리에서 만났어. 엄마는 졸업장을 따야겠다고 마음먹은 상태였고 그 사람은 여전히 그 트럼펫을 들고 방랑하고 있었거든. 그래서 당연히, 우리는 다시 사귀게 되었어."

오브리는 알아듣지도 못하면서 고개를 주억거렸다.

"하지만 그 무렵 그 사람은 정신이 멀쩡한 시간보다 약에 취한 시간이 더 많았고, 엄마는 술이나 약은 입에도 대지 않았기 때문에 어쩐지 소외된 느낌이 들었지."

그녀는 조용해지더니, 한 팔로 그를 바짝 끌어안았다.

"그 사람은 헤로인을 알게 됐어. 헤로인 때문에 네 아빠는 우리가 가는 파티마다 왕 대접을 받았단다."

그후로 세월이 흐르고 흘러도 오브리는 그 한마디와 헤어-온이라는 단어 위로 흐르는 어머니의 목소리와 아버지였던 남자가 가발을 쓰고 사람들을 웃기는 상상을 하는 그 자신을 기억했다.

오브리가 걸음마를 배우기도 전에 아버지는 세상을 떠났다.

"필라델피아 어딘가 그 사람 집이 있었어. 전화를 걸고 걸고 또 걸었지만 아무도 받지 않았어. 몇 달 후에 이리저리 그 사람을 찾다가 그에 대해 알아낼 수 있는 모든 걸 알아내야겠다고 마음먹었지. 그러다 마이크로피시*에서 짤막한 부고 기사를 발견했어. 이미 죽은 지 거의 일 년이 다 되었더라. 마약 과다 복용. 끝. 스크린에 영화의 엔딩크레딧이 올라가는 느낌이었지. 묵직한 커튼이 내 위로 떨어진 느낌."

그후로 오랫동안 그들은 거기 앉아 있었고, 머리 위로 비가 내

* 서적이나 문서, 도면 등의 축소 복사와 보관에 사용되는 마이크로필름의 일종.

렸고, 동그란 잔물결이 서로 겹쳤고, 이따금 어머니는 무거운 한숨을 내쉬었다.

그녀의 짙게 그을린 피부와 먹색 눈은 사람들의 눈길을 끌었고, 그다음에는 그에게 눈길이 쏠렸다. 그녀는 언제나 머리를 짧게 잘랐지만 그해에는 머리를 길렀고 느슨하게 컬을 넣은 회색과 금빛 머리칼이 풍성하게 출렁였다. 그들은 어울리지 않았다, 그들 두 사람은. 팔을 들어 어머니의 팔뚝에 대어보며 이유를 물었더니 그녀는 웃음을 터뜨리며 말했다. "엄마의 흑인 조상들이 백인 조상들을 흠씬 때려주면서 이 아기가 흑인의 대를 잇게 해줘!라고 말했기 때문이야."

그녀는 캠퍼스를 걸어다니면서 녹아들 수 있어서 샌타크루즈를 선택했다고 말했다. 아무도 흑인 피가 섞였느냐고 묻지 않고, 아무도 백인 행세를 한다고 비난하지 않아서. "나한테는 그게 꽤 괜찮더라."

멜로디를 두고 조상들은 또다른 춤을 추었다. 어린 시절의 오브리처럼 짙은 갈색으로 칠해놓고 아이리스의 이목구비를 그려넣었던 것이다. 아이리스가 아무리 여러 번 DNA에 대해 설명해

쥐도 오브리는 유전학이 이해되지 않았다. 왜 다 합쳐져서 새로운 무언가로 변하는 게 아니라 그렇게 고르고 선택하는 건지 알 수 없었다. 그는 그렇게 똑똑하지 않았다. 이 사실은 그가 잘 알았다.

이제 무도회장에 내려온 멜로디와 맬컴에게 친구들이 다가갔다. 십대에 들어선 다른 아가들이 엉덩이까지 오는 땋은 머리와 흠잡을 데 없는 페이드 스타일*을 하고 기다란 손톱에 매니큐어를 칠한 손으로 로션을 바른 십대 소년들의 손가락과 깍지를 꼈다. 그는 어깨를 털며 자기 손에 땀이 나고 있다는 걸 깨달았다. 어른들도 대부분 발을 탁탁 구르고 있었고, 심지어 젊은 아이들 옆에서 춤을 추려고 걸음을 옮기는 이들도 있었다. 그때 맬컴의 손이 멜로디의 엉덩이를 스치는 광경을 얼핏 보았고, 순간 그의 안에서 무언가가 뒤집혔다. 좀처럼 사라지지 않는 피멍 같은 새로운 두려움이 뱃속에서 꿈틀거렸다. 둘이 벌써 자는 사이일까? 멜로디가 그럴 리 없다. 아니. 멜로디라면 그에게 말했을 것이다. 뭐라도 주었을 것이다. 동전 몇 푼 같은 정보라도 주머

---

* 쇼트커트의 일종으로 옆머리는 짧게, 윗부분은 조금 길게 자른다. 옆머리는 아래로 갈수록 두피가 드러날 정도로 짧아지는 것이 특징이다.

니에 넣어주었을 것이다. 그렇다. 그의 딸이라면 무슨 짓을 벌이기 전에 말을 했으리라.

그러지 않았을까?

멜로디가 이렇게 어린 나이로 남을 수 있다면, 언제까지나 십대의 삶을 사는 그애를 볼 수 있다면 그는 목숨이라도 바칠 것이다. 당장 그애를 끌어당겨 안고 싶었다. 그리고 말하고 싶었다. 너 자신을 꼭 붙잡아, 멜로디. 길을 잃으면 안 돼. 예전에 그토록 여러 번 했던 말이지만 다시 해주고 싶었다. 너는 사랑받고 있어, 아가, 너는 사랑받는 사람이야.

아이리스가 가까이 다가와 있었다. 그녀의 체취가 느껴졌다. 담배, 파촐리오일, 그리고 코코아버터. 까마득한 옛날에 아이리스는 대학에서 이런 냄새를 묻힌 채 집에 오곤 했다. 달라진 모습으로, 그와 멜로디에게서 더욱더 멀어진 모습으로. 멜로디는 일곱 살 때 할머니를 큰엄마라고 불렀고 아이리스와 다시 말을 섞기 시작한 후부터는 그녀를 아이리스라고 불렀다. 그를 떠난 아이리스가 너무나 멀어진 모습으로 돌아오자 그는 그녀가 자기를 사랑한 적은 있을까 궁금해졌다. 그러나 물어봐야겠다는 결심이 미처 서기도 전에 그녀는 다시 떠났다. 언제나 다시 떠나는 그녀. 그래도.

  그래도.

  아무도 이런 얘기를 하지 않았다. 어울리던 친구들도 말해주지 않았다. 처음 여자애의 몸안에 들어가면 어떤 느낌인지. 팽팽하게 당겨진 그의 피부가 고통의 외벽에 바짝 붙어 그를 인질로 붙들고 있는 느낌.

  그는 아이리스에게 손을 내밀었지만, 아이리스가 잡아주지 않자 상처를 받고 입술을 깨물었다. 아이리스는 잠시 후에야 그의 손에 손가락을 감고 그의 어깨에 머리를 기댔다. 지금은 이게 올바른 처신인지도 모르겠다. 지금은 이게 그가 마땅히 보여야 할 모습인지도 모른다. 멜로디의 아빠. 아이리스의 친구.

  이제 주방으로 들어가자 뒷마당으로 음식을 들고 나가는 케이터링 업체 사람들이 보였다. 붉은 쌀과 콩 요리, 바비큐 치킨 플래터, 밝은 파란색 접시에 산처럼 쌓인 감자샐러드, 잘게 썬 야채, 소고기와 닭고기 패티, 피라미드처럼 쌓아놓은 콘브레드. 심지어 피망과 양파를 가득 올린 커다란 생선 한 마리를 통째로 요리한 것도 있었다.

그는 어린 시절 내내 레이건 치즈*와 테이스티 브레드**를 먹었고, 가끔 오래 삶아 껍처럼 질겨진 로스트비프를 먹기도 했다. 그의 어머니는 요리에 별 신경을 쓰지 않았고 좋은 날 저녁에는—월급날이나 소득세 환급이 들어온 날에는—둘이서 식탁에 앉아 알루미늄포일에 포장된 인스턴트 요리를 뜯었다. 그러고는 솔즈베리 스테이크***와 불에 그을린 매시트포테이토를 한입 가득 우물우물 씹으며 나직하게 이야기를 나눴다.

그들은 항상 목소리를 낮춰 말했다. 언제나 두려웠기 때문이다. 브루클린은 그들이 아직 확실히 이해하지 못한 새로운 세계였다. 위코프 애비뉴에서 A&P로 쇼핑카트를 끌고 가다보면 성난 이탈리아 소년들이 그들을 세차게 밀치며 지나갔다. 게이츠 애비뉴와 머틀 애비뉴의 교차로에 있는 수표 바꾸는 곳으로 달

---

* 미국 정부가 복지정책의 일환으로 저소득층에게 제공했던 치즈. 이 정책을 추진한 레이건 대통령의 이름을 따서 '레이건 치즈'라고 부르기도 했다.
** 미국의 식빵 상표명.
*** 햄버그스테이크의 일종.

려가는 그들의 머리 위로 M 트레인이 지나갔다. 몸이 두툼한 여자들이 창턱에서 그들을 바라보았다. 더러운 베개에 팔꿈치를 괴고서 길을 위로, 그리고 아래로 천천히 훑어보았다. "오지랖을 떨고 싶어 어쩔 줄을 모르지"라고 어머니가 말한 게 한두 번이 아니었다. 그 여자들이 아버지에 대해 물어본 말은 어머니한테 전하지 않았다. 아버지가 계시니? 아버지는 어디 계시니? 그리고 한번은, "정말 까맣기도 해라, 너 정말 네 엄마 아이가 맞는 거야?"라고도 했다. 그는 여자들에게 자신이 산파의 손바닥으로 숨결처럼 홀로 태어났다는 말을 하지 않았다. 새로운 이곳에 와서부터는 자신이 먼지로 변해가는 느낌이라는 말도.

한때, 아주 오래전에, 그는 누렇게 바랜 티셔츠와 늘어진 속옷을 입은 소년이었다. 너무 말라서 잿빛 다리의 둥그스름한 무릎이 튀어나오고 발목과 광대뼈가 날카롭게 불거졌다. 그때를 기억하면 허기가, 위장의 허허로운 통증이 떠올랐다. 열리고 닫히던 냉장고 문이 기억났다. 그 문은 열렸다 닫혔다 또 열렸다 닫혔다. 정부에서 무슨 변덕을 부려서 준 돈이나, 이웃한테 10달러를 빌리는 재주를 발휘한 어머니의 은혜로("셀마한테 가서 금요일에 수표를 받으면 갚아준다고 말해.") 어디서든 튀겨 먹을 볼로냐 소시지 한 팩이, 얇은 아메리칸치즈 슬라이스가, 그것도 아니면, 마요네즈 샌드위치라면 질리게 먹었지만 그래도 마요네즈 한 병과 빵 한두 조각이 뚝 떨어지길 바라면서. 어떤 토요일에는 눈을 뜨고 일어나면 스크램블드에그와 황금빛으로 튀긴 스팸, 그리고 갓 구운 이탈리아 빵 한 덩이가 기다리고 있었다. 이따금 그는 친구들과 밤에 리지우드 빵집에 몰래 들어가서 반쯤 닫힌 쇠살문 아래로 손을 넣어 빵 식히는 선반에서 따뜻한 빵 한 덩어리를 슬쩍하곤 했다. 빵집의 어둠 속에 손을 뻗어 빵을 움켜쥘 때면 왜 쇠살문이 반쯤 열려 있는 건지 궁금했다. 빵을 식히는 과학적 원리인 걸까? 아니면 이탈리아 빵장수들이 작은 친절을 베푼 걸까? 한밤중에 리지우드에 몰래 숨어드는 배고픈 갈색 아이들을 위한 선물일까?

그는 트윙키, 찰스턴츄*가 먹고 싶었고 스페인식으로 굽거나 삶은 땅콩이 먹고 싶었다. 보드라운 땅콩 껍데기에서 그가 흐릿하게 기억하는 남부가 메아리쳤다. 가운데 쭉 칼집을 내어 바싹 구운 핫도그 생각을 하면 군침이 돌았다. 짭짤한 마가린을 곁들이고 앤트제마이마 시럽을 뿌린 팬케이크도. 목록은 끝이 없었다.

---

* 트윙키, 찰스턴츄 모두 미국의 과자 상품명.

면도하고 고개를 젖히며 호탕하게 웃는 남자가 되기 전에, 그는 비엔나소시지 캔에 손가락을 담갔다 손목을 타고 흘러내리는 육즙을 핥아먹던 배고픈 소년이었다. 개수대에 기대서 있으면 개수대가 그의 척추를 파고들었다. 개수대에 놓인 플라스틱 그릇 건조대 아래의 리놀륨 코팅은 벗어진 상태였다. 그릇 건조대 아래 고인 물에 빠져죽은 바퀴벌레가 둥둥 떠다니는 일은 지나치게 잦았다. 한번은 홍관조 한 마리가 부엌 창턱에 날아와 앉은 적이 있었는데, 그는 새가 다시 날아간 후에도 그 아름다움을 어떻게든 붙잡아보려 애쓰며 실눈을 뜨고서 한참을 노려보고 있는 자신을 발견했다.

　"이제 우리도 춤을 춰야 하나봐." 아이리스가 그에게 말했다. "우리 엄마 아빠가 일어나셨네."

　"규범집에 그렇게 쓰여 있어? 원래 그렇게 하는 건가보지?"

　"그만해." 아이리스가 그의 어깨에 기대고 있던 머리를 들었다.

　"뭘 그만해? 그냥 물어본 거야."

"아니, 너는 지금 수동적으로 공격하고 있는 거야." 아이리스는 그의 손에 잡힌 손을 빼더니 혼자 팔짱을 끼고 고개를 돌려 먼 곳을 보았다.

이제 그는 다시 길을 잃었다.

3
아이리스

오벌린 칼리지[*] 2학년 때 외로움과 흡연이 아이리스를 찾아왔다. 그 무렵 그녀는 헤리티지하우스의 1인실에서 살고 있었다. 캠퍼스에서 유일하게 흑인들만 받는 기숙사 건물이었다. 밤에 굶주린 사람처럼 책상 앞에 허리를 굽히고 벨 훅스의 『내가 바로 여자예요』를 읽고 있다보면, 라운지에서 어울리는 학생들의 소리가 들렸다. 서로 추파를 던지고 웃음을 터뜨리는 소리 아래로 언제나 음악이 흘렀다. 엘엘쿨제이[**]와 어트라이브콜드퀘스트[***]가

---

[*] 미국의 명문 사립대. 노예제 폐지 운동을 이끈 인물들에 의해 1833년에 설립되었다. 정치사회 문제에 적극적이며 진보적인 분위기를 자랑한다.

[**] 미국의 래퍼. 갱스터 랩에 비해 대중적인 음악과 가사로 큰 인기를 끌었다.

[***] 미국의 힙합 그룹. 1990년대 미국 힙합 전성기 이전의 힙합인 올드스쿨 힙합

끝없이 돌고 돌았고 라운지를 떠돌던 비트는 그녀의 방까지 흘러들었다. 1991년이었고, 거의 날마다 혼자서 캠퍼스를 걸어다니던 그녀는 시간이 쏜살처럼 빨리 흘러간다고 느꼈다. 훌쩍 앞서나가버린 삶을 뒤쫓아 따라잡으려니 할일이 너무 많았다. 미래를 보면 혼자 있는 자신이 보였다.

아이리스의 책상 위에는 세 명이 함께 찍은 작은 사진 한 장 뿐이었다. 그녀, 오브리, 멜로디가 부모님의 브라운스톤 저택 앞 계단에 앉아 있는 사진. 멜로디는 오브리의 무릎에 앉아 있고 그녀는 두 사람에게서 고개를 돌린 채 다른 곳을 보고 있다. 벌써 그들을 떠나고 있는 사람처럼. 벌써 떠나버리고 없는 사람처럼.

오브리와 니커보커파크에서 춤을 추며 보내던 밤들이 영원처럼 멀게 느껴졌다. 디제이가 턴테이블 두 개를 돌렸고 사람들은 이렇게 외쳤다. 지붕, 지붕, 지붕이 불타고 있어. 우리는 물도 필요 없어, 씨발 개새끼 다 타버리라지.**** 갈색 봉투에 담긴 맥주를 홀짝이며 오브리에게 엉덩이를 딱 붙인 채 춤을 추던 그녀의 주먹

을 지금의 현대적인 모습으로 탈바꿈하는 데 일조했다.
**** 미국의 올드스쿨 힙합 그룹 록마스터스콧&더다이내믹스리의 대표곡 〈The Roof Is on Fire〉.

이 허공을 쿵쿵 때렸다.

멜로디가 태어나기 몇 달 전, 그녀의 부모는 파크슬로프에 있는 브라운스톤 저택을 샀다. 공원들은 텅 비어 있고 아무리 걸어도 흑인이라곤 한 명도 보이지 않는 그 동네는 아이리스에게 화성만큼 낯설게 느껴졌다. 얼마나 빨리 짐을 싸고 이사를 했는지 새 주소와 전화번호를 써서 친구들 우편함에 붙여둘 시간도 없었다. 파크슬로프는 원래 살던 동네에서 버스 노선을 둘이나 거쳐가야 했다. 그들이 이사하던 날 아침에 오브리는 울고 또 울었다. 그러나 몇 달 후, 오브리의 어머니는 호스피스 병동에 입원했고 그는 아이리스의 가족과 함께 살게 되었다.

오벌린에 가면 멜로디가 태어나면서 친구들과 연락이 끊긴 아쉬움을 풀어야겠다고 마음먹고 있었다. 그녀를 조금이라도 차지하려는 모든 사람으로부터 멀리 떨어진 대학으로 진학하겠다는 단 하나의 목적으로 책에 머리를 파묻었다. 그러나 오벌린의 아이들은 너무나 어려 보였다. 대학에 올 때까지 경험이 없었고 결혼할 때까지 순결을 지키겠다고 자랑스럽게 말하는 아이들도 있었다. 하지만 결혼하고 나서 섹스가 별로면 어떻게 할 건데? 그러면 완전히 다른 면에서 엿 먹는 거야. 이렇게 말하고 싶을 때가 한

두 번이 아니었다. 그러나 헤리티지하우스에 사는 사람들을 보면 집 생각이 났다. 아프리카계 학생들, 소음 속에서도 유독 도드라지는 억양. 그애들의 웃음소리, 집에서 가져온 음식을 전자레인지에 데워 먹는 냄새, 아키앤드솔트피시*, 땅콩 스튜, 마늘로 볶은 야채와 검보**, 그 모든 게 갓 성인이 된 그애들의 체취와 섞여 헤리티지하우스를 가득 채웠다. 검고 매끈한 피부와 타고난 굵은 머리칼을 지닌 카리브해 소녀들을 보면 가톨릭 학교에 같이 다니던 여학생들이 떠올랐다. 아이리스가 자신의 임신 사실을 알기 전에도 그 여자애들은 이미 알았다. "너 뱃속에 아기가 있구나." 그애들은 그녀를 가운데 두고 동그랗게 모여 속삭였다. "가슴이 엄청 커지고 치마 밑에서 엉덩이가 부풀어오르는 거다 보여." 그애들은 어떻게 알았을까. 그녀보다 나이가 많지도 않은데 이미 훨씬 현명했고, 자기들 나이보다 훨씬 철이 들어 있었다. 일주일 후 집에 왔더니 어머니가 이층 화장실, 그녀의 화장실에서 변기 뚜껑을 닫고 앉아 뜯지 않은 생리대 상자를 끌어안고 울고 있었다. 손으로 만져보니 배는 거의 판판했지만, 그녀는 알아차렸다. 전에도 생리를 거른 적이 있었다. 아직 생리는 그녀

---

* 자메이카의 전통음식으로, 아키라는 과일과 소금에 절인 생선을 함께 요리한다.
** 스튜의 일종. 아열대 채소인 오크라가 들어가는 게 특징이며, 아프리카에서 오크라를 '검보'라고 부른다.

에게 익숙하지 않았고, 아무때나 제멋대로 왔다 갔다. 그러나 이건 단순히 불규칙한 주기를 넘어선 문제였다. 몸이 이상하게 느껴졌다. 오브리가 만지지도 않는데 젖꼭지가 찌릿찌릿했다. 그리고 이른아침마다 입안에 독한 신물이 차서 화장실로 달려가야 했고, 그러고 나면 속이 메슥거려 아무것도 먹지 못했다.

"이럴 리가 없어." 어머니는 한 손에 얼굴을 묻고 울었다. 축 늘어진 다른 손은 생리대 상자를 힘없이 잡고 있었다. "제발 하늘에 계신 전능하신 하느님 아버지, 성자와 성모의 이름으로, 제가 꿈을 꾸고 있다고 말씀해주세요. 사탄이 우리를 잡으러 온 게 아니라고 말해주세요. 우리 아기는 안 돼요. 우리 어여쁜, 어여쁜 우리 아기는 안 돼요."

"내 안에 아기가 있다면," 아이리스가 조용히 말했다. 여전히 손으로 배를 꼭 누른 채로. "지킬 거예요."

그녀는 왜 그토록 망할 고집을 부렸던 걸까? 엄마가 된다는 건 꿈도 꿔본 적이 없었다. 미래를 생각하면 대학이 보였고 뭔가 멋진 직업을 가지고 예쁜 옷을 입고 퇴근 후에 레스토랑에서 좋은 와인을 마시는 그녀 자신이 보였다. 그녀의 미래에는 언제나 촛불이 있었다. 촛불을 밝힌 테이블과 욕조와 침실. 거기 오브리는 보이지 않았다. 백인이나 다름없는 그의 어머니, 그가 성장기를 보낸 어둡고 비좁은 아파트, 보조개가 있는 오브리. 두 사람은 그 아파트에서 하얀 빵에 마가린을 바르고 포도잼을 덧발라 먹었다. 처음 오브리가 마가린을 권했을 때 그녀는 웃었다. "너 그거 진짜 버터 아닌 거 알지?" 하지만 그는 그저 어깨를 으쓱했다. "나는 맛있기만 하던데." 아이리스는 마가린밖에 모르는 사람과 함께하는 미래는 상상할 수 없었다.

그러나 어머니가 울고 있던 그 순간에는, 배를 꼭 안고 그 안에서 자라나는 미지의 무엇이 자기 것이라고 인정하기로 마음먹었다. 그녀 안에서 부풀어올라 완전히 형태를 갖추고 아름답게 세상에 착지하는 아기가 보였다. 그녀의 부모가 마음대로 할 수 없는 아기가 보였다. 이 아기는 그녀의 것이 되리라. 아기가 오브리의 진한 갈색 피부를 닮고, 어쩌면 그녀의 호박색 눈을 닮아도 좋겠다고 생각했다. 아기와 함께 다니면 어디서든 사람들이 발길을 멈추고, "오, 맙소사, 아기가 너무 예뻐요!"라고 말할 것이다. 아기는 그녀에게 그런 의미일 것이다. 그녀 주위에 언제나 있는 아름다움. 랩 비트처럼 꾸준한 아름다움. 오로지 그녀만의 것인 아름다움. 아이리스는 남은 생의 길을 함께 걸어갈 만큼 오브리를 사랑하지는 않았다. 그러나 몸안에 그의 일부를 품고 키우고 사랑하고 무엇이 될지 지켜볼 만큼은 사랑했다. 오브리가 침대에서 엉엉 울면서 무슨 일이 있어도 떠나지 말라고 빌 때, 그러겠다는 약속은 할 수 없었다. 그러나 그를 안고 뒤통수를 어루만져주면서 같은 말을 하고 또 할 수는 있었다. "이거 재밌네, 그렇지? 우리 같이 있으면 좋잖아, 그렇지?" 그리고 이제 그녀는 말할 수 있었다. "우리가 뭘 만들었는지 봐."

임신이 될 거라는 생각은 하지 않았다. 대체로 오브리는 콘돔을 썼다. 콘돔이 없을 때는 적당한 타이밍에 뺐다. 가끔은 그녀가 그럴 필요 없다고 말했다. 나이가 어려서 생리가 거의 없었으니, 잘 모르긴 해도 저 아래 아기를 만들 수 있는 것들도 아직 다 생겨나지 않았을 터였다. 그녀는 모든 게 아직 제자리를 찾지 못했다고 생각했다.

"우리 괜찮은 거 맞아?" 오브리가 속삭였다.

"당연하지. 내가 뭐 바보인 줄 아니?"

변기 뚜껑에 앉은 그녀의 어머니는 같은 말을 하고 또 했다.

"우리는 그런 부류가 아니야. 우리는 그런 누가 내다버린 쓰레기가 아니야." 그리고 하느님에게 애원했다. "제발 하늘에 계신 아버지, 이건 당신이 우리에게 예비하신 계획이 아니라고 말해주세요."

오하이오에 회색 겨울이 내려앉기 시작하자 아이리스는 작은 우편물더미를 물끄러미 바라보았다. 집에서 온 편지 한 장, 〈에센스〉 잡지, 저금리 신용카드 광고를 바라보며 여러 번의 삶 이전에 있었던 일처럼 까마득하게 느껴지는, 그날 어머니와의 대화를 회상했다. 희비극 같은 이 기억이 재생을 멈추는 날이 올까? 어머니가 생리대 상자를 던지며 달려들고 악을 쓰며 딸의 뺨을 때리고 머리카락을 잡아뜯었다. 아이리스는 두 팔로 배를 감싸고 싸늘한 화장실 타일 바닥에 쓰러지며 소리 없는 덩어리가 되어 가라앉았다. 어머니의 주먹과 기도가 그녀 위로 퍼부어졌다.

그날 오후에는 둘 다 모르고 있었다. 아이리스가 거의 임신 사 개월이고 이미 빈혈에 저체중이며 그후로 오 개월 동안 다른 어떤 음식보다 마가린을 바른 하얀 식빵을 더 먹고 싶어하게 되리라는 사실을.

"넌 열다섯 살이야." 어머니는 이제 눈물범벅이 되어 말했다. "훨씬 많이 누려야 한단 말이야, 아이리스. 이보다 훨씬 더 많이—"

"세상이 끝난 게 아니에요, 엄마. 그냥 아기일 뿐이잖아요."

그때 아이리스가 내다볼 수 있는 미래는 거기까지였다. 임신, 그다음엔 출산, 그리고 아기. 그 일이 수치가 되어 어머니가 부시윅을 떠나야 할 상황에 몰릴 줄은 몰랐다. 아기가 아이가 되고 어느 날 그 아이가 그녀 나이가 되고, 그보다 더 나이가 들 거라는 생각은 못했다.

아이리스는 차가운 봉투들과 잡지를 입술에 갖다댔다. "나는 열다섯 살이었어." 그녀는 우편물에 대고 속삭였다. "열다섯. 한 사람이라고 할 수도 없는 나이였어."

4
새미포보이

아무리 남자라도 울 때가 있단다. 어쩔 수 없어. 생각이 사방으로 향하는구나. 다가올 새로운 삶의 축복에 대한 생각에서 딸아이의 어린 시절을 빼앗겼다는, 떠올리기만 해도 목이 메는 생각으로. 조금 더 오래 아이리스를 어린 소녀로 둘 수 있을 줄 알았는데. 하지만 여기 내 무릎에 잠든 너와 이렇게 앉아 있으면 다른 삶은 상상도 할 수 없단다. 모든 세대의 모든 순간이 여기 내 무릎에 잠든 네게로, 이 할아버지의 가슴에 머리를 기댄, 벌써 네 살이 된 네게로 이어진 게야. 네 머리칼에서 코코넛오일 향이 나는구나. 하지만 그 아래 또다른 무언가가 있지. 어린 소녀의 땀. 시큼하게까지 느껴지다가 그게 뭔지 알아채려는 순간 달큰해지는. 영원히 여기 앉아 네 머리 냄새를 맡고 싶게 해. 네

팔이 언제 이렇게 길어진 게냐? 네 발은 또 왜 이렇게 커졌고? 사슴 무늬로 덮인 저 발 달린 잠옷을 보니 네 엄마가 입던 잠옷 생각이 나는구나. 네 엄마도 지금 너처럼 할아버지의 무릎 위에서 잠이 들곤 했지. 다른 집에서 살 때였어. 아, 시간, 시간, 시간, 시간이여. 어디로 갔을까, 어디로 흘러갔을까.

오늘밤은 다리가 아프구나. 다른 곳도. 허리께 어딘가 깊은 곳에 쑤시는 둔탁한 통증이 있어. 그 생각은 하지 않으려 한단다. 노인들이 항상 말했어. "사람은 늙었다고 느끼는 만큼 늙는다." 이제 나는 마흔보다 쉰에 가깝지만, 훨씬 더 늙은 기분이 드는 날이 대부분이구나. 세계가 나를 다시 끌어내리려고 작당한 것 같아. 하느님이 나서서 이렇게 말씀하신 것만 같아. "너에 대한 내 생각이 바뀌었다, 포보이." 밤에 엡섬 소금으로 목욕을 하면 좀 나아지기도 하지. 생강차를 마시면 세이비의 맛있는 요리를 잘 소화할 수 있고 말이야. 하루가 끝나고 여기서 너를 안고 앉아 있으면 그건…… 글쎄다, 내 인생에 찾아온 최고의 선물이라고 말하지 않으면 거짓말이 될 게야, 정말로 그렇거든.

이런 이 녀석, 자면서도 소리 내어 웃네. 무슨 꿈을 꾸는지 궁금하구나. 무엇이 너를 그렇게 웃게 만드는 게냐?

이 할아버지에게 네 어여쁜 갈색 머리에서 흘러가는 생각을 말해주렴, 내 작은 멜로디야. 노래 같은 이름. 네가 태어나 세상이 노래할 이유가 생긴 것처럼 말이야. 네가 실없는 노래들을 불러주면 할아버지가 얼마나 좋아하는지 알지? 세이비 할머니는 〈엘모의 세상〉*이나 정원 가꾸기에 관한 노래를 한번 더 들어야 한다면 귀마개를 할 거라는구나. 그렇지만 할아버지는, 네 목소리를 영원히 들을 수 있단다. 네 노래는 아무리 들어도 지겹지 않을 게야.

언젠가는 너도 에롤 가너**가 피아노로 연주하는 〈플라이 미 투 더 문〉을 듣고 네 어여쁜 입을 어찌해야 할지 모르는 날이 오겠지, 우리 아가. 주님. 주님. 주님. 네 앞에는 창창한 삶이 펼쳐져 있지. 나는 에타 제임스***가 사랑하는 남자가 떠나는 모습을 보느니 차라리 눈이 멀고 싶다고 온 세상에 고하던 노래를 처음

---

* 미국의 어린이용 교육 프로그램 〈세서미 스트리트〉 속의 코너.
** 미국의 재즈 피아니스트(1921~1974). 화려하고 독특한 연주 스타일로 유명했다.
*** 미국의 가수(1938~2012). 블루스, 재즈, R&B, 로큰롤 등 다양한 장르를 넘나들었다.

들은 때를 기억한단다. 그 목소리는…… 그 목소리 말이다. 멜로디야. 지금 네가 꿈꾸는 그것과 비슷할 거야. 그 노래를 부를 수 있다면 좋겠지만, 그러면 네가 울면서 잠을 깨겠지. 흐음. 난 언제나 노래를 잘 부르고 싶었어. 피아노 건반 위에서 가너 경처럼 손가락을 움직일 수 있다면 얼마나 좋을까. 그 사람은 천재야. 건반을 두드리며 〈지닌, 나는 라일락 필 때를 꿈꾼다오〉를 연주할 때는―아, 뜨거워! 듣고만 있어도 화상을 입는다니까. 그냥 듣기만 해도. 듣고만 있어도 말이야.

넌 아직 이 세상에 온 지 얼마 되지 않아서 잘 모르겠지만 언젠가는 알게 될 거야. 할아버지가 장담하마.

어여쁜 밤이구나. 겨울이 우리를 떠나려는 모양이다. 눈은 다 녹았어도 바깥은 추워 보이는구나. 우리 아들 벤저민이 이런 밤에 태어났지. 춥고 맑고 고요한 밤이었어. 그때는 아직 우리가 세이비의 가족과 함께 시카고에 있을 때였지. 까마득한 옛날처럼 느껴지는데 또 그리 먼 과거는 아니란다. 아직도 시카고의 추위가 스르륵 뼈를 쓸고 가던 그 느낌은 잊을 수가 없어. 정말이다. 강바람이라고 하던가? 뭐? 시카고는 하나도 그립지 않아. 하지만 그 시절은 그립구나. 그 시절 나와 네 할머니 모습이 그리워. 세이비는 배가 불룩했고 우리 둘은 그저 곁에만 있어도 늘 행복했지. 서로 팔이 스칠 때마다 타오르던 불길. 환한 웃음으로 서로 바라보기만 해도 세상의 모든 시간을 흘려보낼 수 있을 것만 같던 세이비의 눈길. 그래, 할아버지는 흘러가버린 그 시절이 진심으로 그리워.

하지만 우리가 그 시절에 머물러 있었다면, 너는 지금 그 무지개 물고기 책을 꼭 쥔 채로 내 가슴 위에 잠들어 있지 않겠지. 우리가 그 책을 함께 읽고 네가 깨어 있는 동안에는 이런 말을 할 수가 없었지만, 할아버지는 그 예쁜 무지개 비늘을 다 나눠줘버리는 물고기 이야기는 잘 모르겠더구나. 네 엄마 생각이 나서 말이야. 난 그애가 아직 우리 것인 줄 알았다. 내 어린 딸인 줄만 알았어. 하지만 아니었단다. 어느 날 그애가 다 크면 내가 결혼식장 회랑을 가로질러 그애를 신랑에게 넘겨줄 줄 알았지. 진실은 내가 넘겨줄 아이가 아니었다는 거지. 암, 아니었고말고. 그애는 애초에 내 것이 아니었어. 다만 세이비한테서 네가 온다는 소식을 들었을 때는 산 채로 비늘이 벗겨지는 것 같았지. 누가 내 피부에 칼을 쿡 찔러넣고 포를 떠서 살점을 들어내는 느낌이었어. 이 거대한 세상에서 손톱만큼의 통제력도 없다는 걸 알아서, 그래서 눈물이 흘렀던 것 같구나. 그 사실을 빨리 깨달을수록 살면서 가슴 앓을 일을 하나 덜어내는 것과 같지. 아, 주여. 가끔은 어디서 옛 아픔들이 끝나고 새 아픔들이 시작되는지 모르는 밤이 있단다. 나이가 들수록 그 아픔들은 하나의 깊은 욱신거림으로 흘러들지.

그날 밤 퇴근해서 집에 왔더니 세이비가 침대에 웅크린 채 베개를 껴안고 누워 있더구나. 그때 알았다. 네 할머니는 일단 일어나면 다시 침대로 기어드는 사람이 아니었거든. 아침에 일어나고, 침대를 정리하고, 하루를 시작했지. 네 할머니는 그런 사람이었어. 우리가 벤저민을 잃었을 때도, 아침이 되면 꼬박꼬박 침대에서 일어나 나왔다. 예전과 달리 허리가 좀 굽고 움직임이 좀 굼떠졌지만, 그래도 아침이면 일어났단다.

내가 말했지, "세이비, 여보, 당신 어디 아파요?"

생각은 우리를 이곳저곳으로 데려가지. 불빛이라고는 복도에서 흘러오는 빛뿐인 어두운 방에 앉아 내가 틀렸는지도 모르겠다고 생각했다. 내가 아는 무엇이 아닌, 더 무서운 것일지도 모르겠다고. 훨씬 더 무시무시한 무엇. 제 목숨이 달린 것마냥 베개를 껴안고 있는 네 할머니를 보고 난 큰 충격을 받았단다.

하지만 나는 알았단다. 조용히 눌러두긴 했지만, 나와 아이리스의 유대는 아무도—심지어 나 자신조차—이해하지 못했어. 그러나 난 네 엄마의 어깨를 만지면 그애의 마음속에 있는 아픔과 두려움과 분노를 느낄 수 있었고, 그애가 오브리와도 그런 식으로 함께하고 있다는 걸 한눈에 알아차렸다. 나는 세이비와는 좀 다른 방식으로 그애를 이해했지. 하지만 그래도.

멜로디야, 네 딸이 아기를 지키겠다고 악을 쓰는 소리를 너는 영영 듣는 일이 없기를 바란다. 늙어갈 줄 알았던 집에 서서, 아내와 딸을 위해 쌓아올린 삶이 끝났다는 걸 알아차리는 일이 없기를 바란다. 네가 언제나 믿었던 하느님의 조치를 의심하지 않아도 되기를 바란다. 나와 세이비는 이 새로운 짐을 놓고 어찌할 바를 몰랐지. 그러다 네가 모습을 드러내기 시작했다. 그 동그랗게 부푼 배는 원래 아이리스의 키가 훌쩍 클 거라는 의미였지. 아이리스는 어렸을 때 몇 달 간격으로 너처럼 배가 볼록 튀어나오곤 했거든. 제때 저녁 식탁을 떠나지 못하고 과식한 사람의 배처럼 톡 튀어나왔지. 그러다 정신을 차려보면, 다시 배가 판판해지고 키가 손가락 한두 마디씩 커져 있었다. 하지만 이번에는 키가 자라는 게 아니었어. 벌써 그 안에 네가 있었던 거지. 자, 보럼, 네가 또 이 할아버지를 울렸구나. 처음 병실에 들어가서 눈을 뜨다 만 네가 내게로 미끄러져들어온 그날부터 내내 이 늙은이의 눈앞을 흐리게 만든다니까.

"멜로디라고 부르고 싶어요." 네 엄마가 말했다. "멜로디 할머니의 이름을 따서요. 털사*에서 돌아가실 뻔했지만,"

잠시 후에, 네 엄마는 나와 세이비를 똑바로 쳐다보면서 이렇게 말했어. "돌아가시지 않았죠."

그리고 다시 한번 네 이름을 불렀다. 멜로디. 그리고 나와 네 할머니는 손을 꼭 잡고 바로 몇 달 전만 해도 욕을 퍼붓고 싶었던 그 하느님께 말없이 감사의 인사를 드렸지.

---

* 오클라호마주 북동부의 도시.

5
아이리스

학생회관 밖에서 부모님이 보낸 편지를 뜯어보니 75달러와 멜로디의 사진 한 장이 들어 있었다. 임신 사실을 밝히던 당시의 기억이 다시금 밀어닥쳤다. 아버지의 흐느낌, 어머니의 격노, 수녀들, 이웃들, 그리고 마지막으로 성당……

떨어져 지내는 시간이 길어질수록 가족 생각이 그녀의 뇌리를 떠나지 않았다. 매주 편지 한 통, 매달 그녀 몸에서 나온 아기가 걸음마를 배우는 아이가 되고 어린이로 자라나는 사진 한 장이 왔다. 이제는 깔깔 소리 내어 웃는다. 이제는 억지로 미소를 짓는다. 콘로즈 스타일* 머리. 머리 위로 삐죽삐죽 빠져나온 곱슬머리. 구슬처럼 땋은 머리를 쓸어올려 묶은 포니테일. 아이리스는 그애를 아무리 오래 보아도 질리지 않았다. 변해가는 아이의 손, 그리고 이가 빠져 생겨난 아이 입안의 빈틈을 바라볼 혼자만의 시간들이 필요했다. 지난달 사진에서는 앞니가 아랫입술 위에서 달랑거렸다. 아이리스는 큰 소리로 웃었고, 사진에 손을 넣어 딸의 입에서 헐렁하게 매달린 앞니를 홱 잡아당겨 뽑아주고 싶었다. 아이와 나누지 못하고 넘어간 대화들이 궁금했고 한 달, 일주일, 하루라도 더 그 이를 달고 다니려는 멜로디와 틀림없이 벌였을 실랑이를 생각했다. 왜 오브리는 그녀의 아버지처럼 한 밤중에 몰래 아이 방으로 들어가서 흔들거리는 이를 뽑아주지 않았을까. 다음날 아침 눈을 뜬 아이리스의 입안에는 없던 구멍이 나 있었고 베개 밑에는 빳빳한 1달러 지폐가 들어 있곤 했다. 하지만 이제 그 앞니도 빠지고 없었다. 멜로디도 잇값으로 1달러를 받았을까? 아이리스는 이가 빠진 자리를 찬찬히 살폈다. 잇몸의 분홍색 반원 바로 옆의 작은 앞니가 머지않아 또 빠질 것처럼 살짝 기울어 있었다. 아이리스는 살짝 몸을 떨었다. 그녀 입안의 반듯한 치열을 혀로 쓸어보았다. 아이의 생일에 가지는 못했지만 대신 전화를 걸었다. 하지만 멜로디는 "오늘은 내 생일이고

---

* 여러 갈래로 가늘게 땋은 머리 모양의 일종으로, 땋은 머리 가닥의 중간과 끝을 구슬 등으로 장식하여 옥수수 알갱이를 꿰어넣은 듯 보이는 것이 특징이다.

파티날이야. 안녕! 아빠가 자전거를 사줬어. 또 안녕"이라고 말했을 뿐이다. 아이리스가 그 자전거는 둘이 같이 사준 거라고 말하자 멜로디는 말했다. "하지만 아빠가 조립했는걸. 그리고 아빠가 타는 법을 가르쳐줬댔어." 통화는 언제나 아빠, 아빠, 아빠, 그리고 무슨 TV 프로그램을 봤는지 얘기뿐이었다. 무슨 책을 읽고 있느냐고 물어보려 했더니 아이는 웃었다. "전부 다." 아이는 말했다. "전부 다 읽어."

딸 사진을 물끄러미 바라보고 있자니, 너한테는 엄마다운 구석이 한 군데도 없다고, 한 번도 아니고 여러 번씩 세이비가 했던 말이 새삼 떠올랐고, 모성의 유전자는 뒤늦게 발현되는 건지 궁금해졌다. 이십대나 삼십대가 되면 모성애가 생길까. 그러면 아이가 더 갖고 싶어질까? 오브리와는 확실히 아니야. 하지만 오브리가 아니라면 누구와? 오벌린의 남자애들은 정말로 아니고. 어쩌면 대학원에 가게 될지도 몰라. 거기서 누군가를 만나나?

"동생이야?"

아이리스는 화들짝 소스라쳤고 사진은 땅바닥에 떨어졌다.

모르는 여학생이 옆에 서 있었다. 그 여자애가 사진을 주워 먼지처럼 묻은 눈을 툭툭 털어 다시 건네주었다.

"귀엽네. 너랑 많이 닮았다."

"그래. 닮았지."

사진 속 멜로디는 오렌지색 풍선을 들고 카메라를 보며 활짝 웃고 있었다. 머리카락은 콘로즈 스타일로 깔끔하게 땋았고 까만 눈은 맑았다. 풍선을 든 손을 보니 완벽하게 매니큐어를 바른 손톱이 보였다. 누군가 연분홍색으로 칠해주었다. 귀에는 아이의 탄생석인 에메랄드가 점처럼 박혀 있었다.

"아이리스, 맞지?" 여자애가 말했다. "미국문학 수업 듣는. 그 백인 친구랑 레이먼드 카버로 논쟁했잖아. 네가 이겼고."

소규모 수업이고 흑인 학생의 수는 쉽게 헤아릴 수 있는데도 아이리스는 강의실에서 그 여자애를 본 기억이 없었다. 작가의 천재성을 두고 어떤 남자애와 의견이 갈렸던 기억은 났다. 카버의 스타카토 문장이 아이리스는 신경에 거슬렸다. 자신이 7학년 때 썼을 법한 문장처럼 느껴졌기 때문이다. 하지만 그 수업을 듣던 백인 학생들은 모조리 사랑에 빠진 눈치였다.

어떻게 이 여자애를 못 봤을 수가 있지?

"그래." 아이리스는 말했다. "마르케스는 얼마든 읽겠는데 말이야. 적어도 이분은 형용사 한두 개씩은 던져주시잖아."

그 여자애가 미소를 지었다. 작은 은테 안경을 끼고 머리에 짙은 초록색 후드를 둘러쓰고 있었다.

아이리스는 돈을 다시 봉투에 넣었다. 멜로디의 사진은 슬며시 코트 주머니에 넣었다. 딸을 계속 바라보고 싶었다. 오래오래 열심히 보고 싶었다. 달마다 변하는 모습을 계속 확인하고 싶었다. 자신의 어떤 부분이 이어졌는지, 어떤 부분이 계속해서 두 사람을 연결해주는지 보고 싶었다.

"제이미슨이라고 해." 여자애가 손을 내밀며 말했다. 엄지와 중지에 은반지를 끼고 있었다.

"아이리스야." 아이리스는 악수하고 나서 뭘 해야 할지 몰라 가만히 서서 봉투를 만지작거리며 멀리 캠퍼스를 바라보았다. 제이미슨이 후드를 벗었고 머리카락이, 뒤로 묶은 기다란 머리채가 드러나자 아이리스는 그 여자애가 기억났다.

"그래, 너였구나." 아이리스가 말했다.

"그래, 나야." 제이미슨이 미소를 지었다. 그녀는 주머니에서 드럼 담배 한 갑을 꺼내 종이에 좀 덜어냈다. 그러더니 한 손으로 솜씨 좋게 담배를 말아서는 입으로 가져가 혀로 핥아서 고정했다. 그녀는 물끄러미 자신을 바라보는 아이리스를 보더니 미소 지었다. 그 머리카락과 담배를 마는 솜씨에 아이리스는 어쩐지 마음이 흔들렸다.

멜로디의 이름은 아이리스의 아이디어였다. "언제 어느 때 불러도 노랫소리 같을 거야." 그녀가 오브리에게 말했다.

"그래, 맞아." 오브리가 말했다. "난 좋아." 그런 뒤 오브리는 그녀에게 키스했다. 키스를 하고 또 했다.

"위스키 같지." 제이미슨이 말했다.

"뭐라고?"

"내 이름이 위스키 이름 같다고. 하지만 여기서는 다들 잼이라고 불러. 먹는 잼처럼."

"나도 하나 피워봐도 돼?" 아이리스는 턱을 치켜 담배를 가리켰다.

"당연하지."

이른 오후였고, 긴 추수감사절 연휴가 시작되기 이틀 전이었다. 눈이 내리고 있었다. 여기 와서 첫 겨울에 봤던 무시무시한 오하이오의 폭설은 아니었다. 이 눈은 더 점잖고 더 조심스러웠다. 오하이오는 첫날부터 그녀를 흔들어놓았다.

그리고 다시 그녀를 흔들고 있었다. 지금 이 순간.

잼이 담배를 건네주었다. 그녀가 자기 담뱃불로 아이리스의 담배에 불을 붙여주려고 고개를 숙였을 때, 아이리스는 그녀의 체취를 맡을 수 있었다. 추위와 흙과 속속들이 익숙한 무언가의 냄새.

"뉴욕에서 왔지, 그렇지?"

"그래, 브루클린." 아이리스는 담배를 짧게 빨았다. 연기는 입 안에서 달고 뜨거운 맛이 났다.

잼은 훤칠하게 컸고 초록색 재킷과 스트라이프 터틀넥 속의 어깨는 넓었다. 바지는 일부러 너덜너덜하게 닳게 만들어놓은 듯했다. 일부러 바랜 색이 나도록 작업한 것 같았다. 이 여자아이의 피부는 보통의 갈색에 매끈했다. 여드름도 기미도 사마귀도 아무것도 없었다. 아이리스는 자신이 다른 사람의 피부를 유심히 본다는 걸 알았다. 멜로디를 낳고 나서 이마에 여드름이 잔뜩 돋아났고 몇 년째 다시 났다 없어지기를 반복하고 있었다. 아무리 스크럽을 하고 마스크팩을 하고 김을 쐬도 사라지지 않았다. 아이리스는 담배를 한 모금 더 빨았고, 이번에는 내뱉기 전에 연기가 허파로 흘러들어가게 두었다. 이 여자애의 피부는 만져보고 싶었다. 보이는 것만큼 보드라운지 손으로 만져보고 싶었다.

"평생 거기 살았어." 아이리스가 말했다. "여기 오기 전까지."

"뉴올리언스." 잼이 말했다. "1세대야. 너는?"

"무슨 1세대?"

"너희 부족에서 처음으로 대학에 온 거야?"

아이리스는 고개를 저었다. 계급에 대한 질문이었다. 그녀도 이제 알았다. 너는 어떤 사람이냐고 묻는 질문. 어느 곳, 어떤 사람들, 어느 계층에서 왔느냐는 물음이었다.

"아니야." 이제는 간단하게 대답하는 법을 배워 알고 있었다.

오브리도 1세대는 아니었을 것이다. 그러나 오벌린으로 떠나오기 전, 오브리가 매일 아침 여섯시에 잠자리에서 일어나 멜로디의 기저귀를 갈아 아이리스에게 데려다준 뒤 샤워하고 면도하고 출근을 하려고 옷을 차려입는 모습을 보았다. 고등학교면 충분하다고, 그는 말했다. "고등학교 졸업장이랑 직장만 있으면 됐어. 게다가 우등 졸업이니까 앞날이 창창하지 뭐야." 졸업장에 붙은 금장을 오브리는 그토록 자랑스러워했다. 다섯 개의 주요 과목에서 훌륭한 성적을 받았다는 표시. 오브리가 SAT를 봤다면 아무 대학이나 골라 갈 수 있는 성적을 받았을 것이다. 그러나 그는 끝이었다. 됐다고 했다. 어떤 날 아침에 오브리는 나지막하게 휘파람을 불었다. 아이리스는 그 행복을 이해할 수 없었다. 어떻게 그렇게 완벽하게 만족할 수 있는 건지. 아이리스는 멜로디를 가슴에 찰싹 붙여 안고 자기 머리에 코를 댄 채 꾸벅꾸벅 잠이 들었다. 그녀가 본 것은 아침마다 세 사람이 비좁은 방에 꾸역꾸역 모여 있는 이 순간 너머의 미래였다. 부모의 저택에서 셋이 사는 것보다 더 큰 미래였다. 그러나 그보다도 아이리스는 자신의 종착역이 오브리라고는 꿈에도 상상하지 못했다. 그녀의 계획에 오브리와의 영원은 없었다. 아무리 그녀가 오브리의 동정을 원했더라도. 대학 합격 통지가 날아들기 시작했을 때, 처음에 바너드, 다음에는 바사, 마침내 오벌린에서 합격 통지가 날아오자, 아이리스는 틀에 박힌 삶에서 벗어날 기회를 보았다. 탈출구를 보았다.

"보고 싶어?"

"누구?"

"네 꼬마 동생." 잼이 말했다. "사진 속에 그애."

"그럼." 아이리스가 말했다.

"다른 형제자매도 있어?"

아이리스는 고개를 저었다. "아니, 그애뿐이야. 멜로디뿐이야."

"멜로디. 예쁜 이름이다."

아이리스는 미소를 지었다. 그들은 말없이 그대로 서서 몸을 떨며 연기를 들이마시고 내뱉으면서 둘 사이에서 피어올랐다 사라지는 연기를 바라보았다.

6
오브리

오브리가 아이리스를 처음으로 집에 데려갔을 때 두 사람은 열다섯 살이었다. 아이리스는 머리를 프렌치브레이드 스타일로 정수리부터 양 갈래로 땋은 모습이었고, 이마의 아기 솜털 같은 잔머리는 기름을 발라 얼굴 옆으로 붙여놓았다.

"아기 솜털이 아니야, 넌 아기가 아니니까." 오브리는 가방에서 꺼낸 칫솔과 머레이스누나일 포마드로 머리를 정리하는 아이리스를 보고 말했다.

"닥쳐." 아이리스는 깔깔 웃으며 그를 밀쳤다. "아기가 아닌건 너잖아. 내 덕에 아기 신세를 탈출했으니까."

1984년 여름이었고 아이리스의 청바지 주머니에는 페이퍼백 책 한 권이 삐죽 튀어나와 있었다. 그 책은 두 사람 모두에게 큰 충격을 주었다. 오웰의 상상은 두 사람이 살아가는 해와 딴판이었다. 그후로 오브리는 아이리스를 더 많이 사랑하게 되었다. 아이리스를 사랑할 수 없는 세상이라니 생각만 해도 겁이 났다. 그러나 오웰은 중요한 것들을 빠뜨렸다. 쿨앤드더갱*과 티나 터너**와 〈고스트버스터스〉***는 어디 있단 말인가? 마이클 잭슨의 〈스릴러〉는 어디서 쿵 하고 떨어지고? 1984년은 적어도 오웰이 상상했던 모습이 아니었다.

아이리스는 그때 여전히 부시윅에 살고 있었고 아침이면 그녀의 집엔 아무도 없었다. 두 사람은 이층 침실에서 시간을 보냈다. 침대보와 커튼 색을 통일하고 벽은 정신이 번쩍 들게 눈부신 흰색으로 칠해놓은 침실은 꼭 어제 갓 꾸민 방처럼 보였다. 그들은 위층 그녀의 침실, 그녀의 침대에 누워 키스하고 몸을 비벼댔다. 그러다보면 오브리는 입술이 화끈거리고 그가 원하는 그 모

---

* 미국의 펑크밴드.
** 미국의 가수. '로큰롤의 여왕'으로 불렸다.
*** 미국의 코미디 호러 영화.

든 것 때문에 몸이 폭발할 것 같은 느낌이 들었다. 그들은 넉 달 동안 진지한 관계였다. 오브리가 친구들과 농구를 하는 동안 아이리스는 운동장에서 시간을 때웠고, 그러고 난 후 두 사람은 니커보커파크의 벤치에 앉아 몇 시간이고 이야기를 나눴다. 그의 손이 그녀의 셔츠 밑으로 들어가 등을 따뜻하게 감쌌고 그녀의 다리는 그의 다리 위에 걸쳤다. 아이리스에게 느낀 오브리의 감정은 열 살, 열한 살, 열두 살 때 다른 여자애들에게 느꼈던 것과 달랐다. 더 깊고 왠지 모르게 더 어른스러웠다. 아주 오래전의 기억 같았고 지금 여기 있는 그들은 그 기억 속에 있는 것 같았다. 아이리스는 그의 머릿속에서 떠나는 법이 없었다. 수학 수업 시간에도 농구 연습 때도 엄마와 단둘이 앉아 TV를 볼 때도 아이리스는 함께 있었다. 그를 보고 웃어주고 그에게 다가와 키스하고 그의 점프슛과 구형 프로케즈 운동화와 새로 깎은 머리와 오른눈 바로 밑의 뺨이 폭 패어 보조개가 생기는 걸 놀리면서.

"사랑해." 그녀의 침대에 나란히 누운 오브리가 그녀의 귓전에 속삭였다. "정말 너무나 사랑해, 아이리스." 아마 사랑이 이런 느낌일 거라서. 끝없는 가슴앓이, 끝없는 욕구. 아이리스한테서 나도 사랑한다는 대답을 기다렸지만 대신 그녀는 그의 바지에 손을 넣더니 속옷 밑으로 들어가 그를 감아쥐었다. 그는 아랫

입술을 세게 깨물고 눈을 감고 다음을 기다렸다. 다음에 닥쳐올 것이 무서웠다. 지금까지 오브리는 혼자서만 해봤을 뿐이었다. 욕실에서 바셀린을 바른 손으로. 욕실 문을 잠그고 옷을 다 껴입은 모습만 봤던 여자애들의 나신을 머릿속으로 상상하다가 혹시나 소리를 낼까봐 물도 틀어두고서. 아이리스의 나신도 상상했었지만 아무리 눈을 꼭 감아도, 아무리 빨리 손을 움직여도 그녀의 몸은 끝내 또렷해지지 않았다. 아이리스를 그려보려 할 때면 상상력마저 풀이 죽는 것 같았다. 옆에 누운 그녀의 손이 천천히 움직이고 그의 손가락은 그녀의 배를 훑어올라가 브래지어 아래로 들어가는데, 그녀의 촉감이 이토록 놀라워서 고마운 마음이 들었다. 이토록 완벽하다니. 다시 눈을 떴을 때 아이리스는 미소를 띠고 있었다. 눈꼬리가 치켜올라간 그 웃음을 보면 오브리는 죽도록 겁이 났고 아이리스를 더욱 사랑하게 되었다. 그녀는 그의 바지를 잡아당기고 속옷을 무릎께까지 내렸고, 오브리는 달리 어떻게 해야 할지 몰랐기에 다시 눈을 감고 그녀에게 맡겼다. 그녀가 멈추게 해달라고 소리 없이 기도하며. 그녀가 멈추지 않기를 바라며. "사랑해." 오브리는 또 말했다. 뭐라고 다른 말을 하면 왈칵 울음이 터질 게 분명했기 때문에. 그는 울고 싶지 않았다. 큰 소리로 웃고 싶었다. 아니, 그는 울고 싶었다.

"눈 뜨고 내 셔츠 벗겨줘." 그녀가 말했다.

그는 천천히 그녀의 셔츠 단추를 풀기 시작했다. 그가 본 영화들에서 이런 게 러브신에서 나왔다. 남자가 여자친구의 눈을 바라보며 옷을 벗겨주는 것. 그는 이 대목이 영원히 끝나지 않기를 바랐다. 모든 게 느리고 완벽하고 올바르기를 바랐다.

"너 그렇게 빈둥거리다가는 우리 아빠가 집에 와서 내 방에 반라로 있는 너를 보게 될걸." 아이리스는 그의 손을 치우고 재빨리 자기 셔츠를 벗어던졌다. 오브리는 손을 어디에 둬야 할지 알수가 없었다.

"네 옷도 벗어, 오브리! 너 꼭 하기 싫은 사람처럼 군다."

그는 침대에서 굴러떨어지다시피 뛰어내려 그녀의 서랍장에 기대서서 바지와 티셔츠를 벗었다. 창문의 환풍기가 윙윙 돌고 있었지만 방안은 여전히 뜨거웠다. 윙윙거리는 소리를 제외하면 집안은 조용했다. 그녀 옆으로 다시 기어올라가는 자신의 헐떡이는 숨소리가 다 들렸다. 흥분과 두려움을 주체할 수 없었다. 그리고 벌거벗은 채 그녀 위에 엎드렸고, 그녀의 바로 바깥에 있다가, 신의 희한한 은총으로 그녀 안으로 들어갔다. 그렇게 빨리 동정을 잃었다. 그렇게 빨리 뭔가 이해해야 할 것이 생겼다. 그 행위의 느낌. 고통스러웠다. 아팠다. 왜 아플까? 하지만 그 통증은 사라졌다. 그리고 좋은 느낌이 닥쳤다. 너무 좋았다. 너무, 너무 좋았다.

하지만 아이리스는 울고 있지 않았다.

농구코트의 남자애들은 여자애들이 처음에 아파한다고 했다. 피부로 된 장벽이 있어서 뚫고 들어가야 한다고 했다. "천국의 문처럼 말이야." 소년들은 말했다. "그다음은 천국이지!" 오브리는 함께 웃었고 그들의 첫 경험에 대한 거짓말을 들으며 하이파이브를 했다. 한 녀석은 여자애가 멈추라고 했지만 여기서 멈추면 반쯤 따먹힌 체리*를 내놓고 동네를 한 바퀴 돌게 만들겠다고, 그 꼬락서니가 어떻겠냐고 말했다면서 끝도 없이 조잘거렸다. 그러나 그들은 다 틀렸다. 피부 장벽 같은 건 없었고, 그저 위로 아래로 조이는 아이리스가 있었고 그건 지상에 존재할 거라 꿈도 꾸어보지 못한 느낌이었다. 처음에는 그의 몸이 아이리스

---

* 미국 속어로 '동정'을 의미한다.

안에서 폭발하더니, 다음에는 그 안으로 분출했다. 그녀에게로, 그를 통째로 삼키는 그녀의 몸안으로 발사되는 제 몸을 느낄 수 있었다. 이건 사랑이어야 했다. 그래야만 했다.

끝나고 재빨리 옷을 주워 입고 다시 누웠을 때, 오브리는 그녀에게 전에 다른 남자가 있었는지 묻고 싶었다. 그러나 차마 물을 수 없었다. 자기가 충분히 큰지, 충분히 느린지, 충분히 잘하는지 묻고 싶었다. 아이리스는 그를 보며 미소 짓고 있었다. 이제 너의 비밀을 알고 있어 같은 미소, 오브리는 눈길을 돌릴 수밖에 없었다. 색깔을 맞춘 커튼과 창문에 달린 환풍기 너머 바깥, 늦은 오후의 풍광을 내다보았다. 무언가 잃어버린 느낌이 들었다. 동정 이상의 무언가. 무언가를 빼앗겨 영원히 되찾을 수 없을 것만 같았다. 이런 생각을 하다니 불량아가 된 기분이었다. 아이리스가 제 것을 그에게 내주었다. 그런데 왜 그가 이런 느낌이 들까? 어째서 우주가 했던 어떤 약속이 깨진 것 같은 기분이 들까? 젠장.

한 시간 뒤 아이리스는 누군가의 사이드미러 앞에서 머리를 다시 매만지고 있었다. 그가 사는 동네에 누군가 버리고 간 찌그러진 올즈모빌이었다. 이미 며칠째 그 차의 존재 때문에 죽도록 창피하던 참이지만, 여자친구가 그의 엄마를 만나려고 머리를 귀엽게 단장하는 모습을 지켜보고 있자니 차에 대한 생각이 좀 달라졌다. 타이어도 없고 창유리도 박살난 그 차에 잠시 신성한 기운이 강림해 머무는 듯했다. 이제 무언가 잃어버린 듯한 상실감에 눈물이 차오르지는 않았다. 그러나 그 상실감은 여전히 거기 있었다. 묵직하게. 그는 축축하고 끈적한 느낌이었다. 아직도 두 사람이 함께할 때의 냄새를 맡을 수 있었다. 그 남자애들은 이런 이야기를 하지 않았다. 그후에 어떤 감정이고 어떤 냄새가 나는지. 끝나고 나서 오브리는 아이리스를 몹시 꼭 안았다. 그녀가 "나 지금 숨도 못 쉬겠어"라고 말하지 않았다면 여전히 꼭 껴안고 자기 안으로 그녀를 끌어넣으려 했을 것이다. 불과 몇 센티미터 떨어진 사이드미러 앞에서 허리를 굽히고 있는 지금도 아이리스는 너무나 아득하고 멀게 느껴졌다.

그의 어머니는 어둑한 거실에 앉아 있었다. 블라인드는 내려와 있고 마루에 놓인 네모난 선풍기가 방안에 뜨거운 공기를 불어내고 있었다. 그녀는 가운을 입고 앞머리를 둘로 나눠 헤어롤을 말고 나머지 머리칼은 뒤로 묶어 땋은 모습이었다. 아이리스 전에 오브리가 진심으로 사랑한 단 한 사람은 엄마였다. 많고 많은 소년에게 다 해당되는 진실. 어머니가 최고다. '어머니의 선'

을 한 발자국만 넘어도 싸움이 일어났다.

"너네 엄마는 너무—"

"어이, 그 흉한 엉덩짝 박히고 싶지 않으면 우리 엄마는 건드리지 말라고!"

그러나 오브리는 다른 감정을 느꼈다. 엄마에 대한 사랑은 너무 깊어서 마치 노인의 마음 같았다. 수십 년에 걸쳐 사랑하고 사랑받은 사람의 마음. 오브리는 그녀의 모든 면을 사랑했다. 그녀의 체취도. 이상하게도 그녀에게서는 아직도 오브리가 어렸을 때 알던 소금물의 짠내가 났다. 그리고 올드팝송 라디오 채널에서 샤이라이츠*의 노래가 나오는 날이면 가끔 혼자 춤을 추는 모습도. 아, 난 어디에 가도 그녀 얼굴이 보여, 길거리에서도 심지어 영화관에 가도. 심지어 그녀의 이름도 사랑했다. 캐시마리 CathyMarie. 이름 두 개를 합쳐놓은 이름. 그녀의 부모는 아이의 이름 중간에 대문자가 하나 더 들어가는 게 세상에서 가장 자연스러운 일이라고 생각했던 모양이다. 캐시마리 대니얼스. 어렸

---

*미국의 R&B 그룹.

을 때 그는 오브리브라운이라고 불리고 싶었다. 다른 이유는 없었다. 그저 이름 중간의 대문자 B가 갖고 싶어서였다. 오브리에게는 중간 이름이 없었다. 언제나 오브리 대니얼스였다. 그러나 어머니는 브라운을 붙이지 못하게 했다. "오브리가 좋아." 그녀는 말했다. "오브리는 완벽해. 모든 사람이 네 성이 브라운인 줄 아는 건 너도 싫잖아." 그래서 그는 포기했다.

아파트에 들어가면 아이리스가 음악소리를 듣고 어머니가 춤을 추고 있는 모습을 보게 되기를 바랐다. 뭔가 추억에 깊이 잠겨 엉덩이를 흔들고, 소리 없이 손가락을 튕기면서. 그러나 아파트의 어둠은 다른 신호를 보내고 있었다. 그 신호는 몇 달째 꺼졌다 켜졌다 했다. 그녀의 올드팝송 채널은 대체로 조용했고, 대신 TV가 켜져 있는 날들이 더 많았다. 늦은 오후가 되어서야 머리에 헤어롤을 말았고, 늘 리졸 살균제 냄새 밑으로 어떤 악취가 풍겼다.

오브리는 거실로 들어가다가 딱 멈춰섰다.

"엄마?"

그의 어머니는 대답하지 않았다.

TV 화면에 오프라가 나와 있었다. 무슨 위기가 왔는지 모르지만 백인 여자가 맞은편에 앉아 울고 있었다. 오프라도 곧 울음을 터뜨릴 것만 같은 표정이었다. 오브리의 어머니도 울고 있었다.

샌타크루즈와 버클리 이전에, 오브리의 일생에서 가장 아빠에 가까웠던 존재인 재즈맨을 알기 이전에, 오브리의 엄마가 되기 전에, 그녀는 오클랜드의 소녀였고 복지 시스템을 통해 성장했다. 오랫동안 오브리는 그 시스템이 뭔지 몰랐다. 하지만 그말을 할 때마다 어머니의 눈빛이 어두워지는 걸 보고 아예 모르고 사는 게 좋은 것임을 알았다. "헛짓하고 돌아다녀봐라." 그녀는 말했다. "그 엉덩짝이 시스템에 떨어지게 될 테니까." 나중에 오브리는 그게 학교 운동장에서 무섭게 그를 쫓아오던 해쓱하고 폭력적인 소년들과 관련이 있다는 걸 알았다. 공책을 가슴에 꼭 안고 복도를 걷던 슬픈 얼굴의 소녀들과 관련이 있다는 걸 알았다. 시스템은 그가 일곱 살 때 해변에서 어머니에게 평일인데 왜 아이가 학교에 안 가느냐고 묻던 백인 여자고, 또 곁눈으로 그를 흘겨보고는 어머니에게 임시 보육하는 다른 아이들은 없느냐고 물었던 식료품점의 남자라는 걸 알았다.

그러나 그 시스템이 대학 학비를 내주었다. 그리고 심지어 짧은 기간 동안 다닌 대학원 비용도 대주었다. 시스템은 월세를 일부 부담해주고 한 달에 한 번씩 원색의 식료품 구입용 쿠폰이 가득 든 봉투를 보내주었다. 시스템 때문에 엄마가 밤마다 악몽에 시달릴 때 심리 상담 비용을 대준 것도 바로 그 시스템이라고, 그녀는 말했다. 그러나 어떻게 시스템에 시달렸는지는 말해주지 않았다. "넌 그런 거 몰라도 돼"라고 말했다. "너한테까지 그런 걸 물려줄 필요는 없어."

그녀가 맨해튼 도심 어딘가의 우편물 배달실에서 아르바이트를 하고 오는 날, 오브리가 집에 오면 그녀는 오늘처럼 이런 모습이었다. 어두운 아파트에서 TV를 켜놓은 채. "지워, 지워, 지워버려." 오브리는 가끔 그녀가 자기 이마를 손가락으로 부드럽게 톡톡 치면서 혼자서 속삭이는 소리를 듣곤 했다. "다 지워버려."

한번은, TV 쇼에서 본 기억이 나서 기도를 해보자고 했다. 그러나 그녀는 신을 믿지 않았다. 예수도. 사탄도. 기도도 믿지 않았다.

"나는 말을 믿어." 그녀가 말했다. "나는 숫자와 내가 이해하는 모든 역사를 믿어. 내가 볼 수 있는 것들을 믿어." 오브리가 꼬마였을 때 그녀는 그를 안아주며 말하곤 했다. "그리고 정말이지 내가 너를 얼마나 믿는지 모를 거야, 오브리. 내 사랑. 나의 빛. 나의 목숨."

"내 사랑. 나의 빛. 나의 목숨." 오브리는 암흑과 다를 바 없는 어둠을 뚫어질 듯 노려보며 그 말을 기억했다. 언제나 그 말과 엄마를 향한 깊디깊은 아픔 같은 사랑을 기억하고 있었다. 그리고 이제 그 사랑은 분열되고 팽창하고 자라났다. 그렇게 아이리스도 품게 되었다.

"너네 엄마는 백인 아가씨 같네." 아이리스가 속삭였다. "앞머리 롤만 빼면."

"백인 아니야. 엄마는 흑인이야. 그냥 피부색이 옅을 뿐이야." 갑자기 짜증이 파도처럼 밀어닥쳤다. 아마 엄마의 어딘가에는 백인의 색깔이 있겠지만, 있다 해도 그녀는 그런 얘기를 하지 않았고 그 또한 입을 다물었다.

"엄마한테 소개하려고 친구를 데려왔어요, 엄마. 이름은 아이
리스예요."

아이리스는 그의 뒤에서 머뭇거렸다. 비닐을 씌운 접이식 식
탁, 개수대에 가득 들어찬 커피잔들과 열린 채 조리대 위에 놓
여 있는 맥스웰하우스 커피병, 엎질러진 축축한 커피 가루를 보
지 않으려 애쓰는 모습이 오브리의 눈에 선했다. 눅눅해 보이는
치리오스 시리얼이 쓰레기통 주위에 떨어져 있고 바퀴벌레가 그
위를 기어가고 있었다.

그의 어머니는 마침내 눈가를 훔치고는 고개를 돌려 그들을
바라보았다. 그녀는 아이리스의 머리, 딱 붙는 티셔츠, 그리고
청반지를 유심히 살폈고, 오브리는 깜박이는 TV 불빛을 배경
으로 그 눈에서 무언가 번득이는 걸 볼 수 있었다. 하지만 언제
그랬냐는 듯 그 빛은 금세 희미해졌다.

"밤이 빠르면 낮이 길어지지." 그의 어머니가 나직하게 말했다.
"너와 네 친구 아이리스에게 해줄 말은 그것뿐이구나."

"무슨 소리예요, 엄마." 오브리가 말했다. "얘는 가톨릭 학교

에 다닌단 말이에요!"

"그런데 가톨릭 학교에 다니는 사람들을 뭐라고 부르는지 아니?" 그러더니 그녀는 다시 TV로 눈길을 돌렸다. "'엄마, 아빠'라고 부른단다."

아이리스는 미소를 지었다. 하지만 그는 손톱만큼도 웃기지 않았다.

어느새 TV에 광고가 나왔다. 흑백 화면 속에서 건포도들이 춤을 추고 있었다.

오브리는 그대로 서 있었다. 거실로 더 들어가고 싶지 않았다. 소파와 TV를 빼면 등받이가 곧은 의자 두 개, 작은 커피 테이블, 그리고 짙은 초록색 깔개가 다였다. 소파 뒤에는 어머니가 싸둔 여행가방 두 개가 있었다. 하나는 그의 것, 하나는 어머니의 것이었다. 그들은 언제나 물을 따라갔다. 그러나 여기 브루클린에서, 아이리스를 가진 지금은, 항상 가고 싶어하던 그곳에 다다른 느낌이었다. 마침내 정말로 단단한 땅을 밟고 섰다는 느낌이 들었다.

"만나 뵙게 되어 반갑습니다." 아이리스가 말했다.

"나도 반가워."

그들은 거실과 어머니의 침실을 구분하는 복도에 서 있었다. 아파트는 기차간처럼 한 방을 통과해야 다음 방이 나오는 구조였고, 뒤쪽에 작은방이 있었다. 오브리는 그 방 싱글 침대에서 여름이면 살이 가렵고 겨울에는 도통 따뜻해지지 않는 직물로 만든 줄무늬 담요를 덮고 잤다. 고풍스러운 가족사진이 액자로 걸려 있고 업라이트피아노가 있는 아이리스의 집에 가보기 전에는, 그와 엄마가 가난하다는 생각은 해보지 않았다. 그러나 어두컴컴한 방안에서 그의 어깨에 보드라운 숨을 내쉬는 아이리스와 함께 있는 지금은, 그게 사실임을 알 수 있었다. 그는 자기 등뒤로 손을 가져가 아이리스의 손을 잡았다. 이상한 건 그 깨달음과 함께 따라오는 수치심이었다. 그는 싸구려 리졸 살균제 냄새를 들이쉬지 않으려고 애썼다. 먼지 앉은 플라스틱 조화들이 한가득 꽂힌 꽃병을 보지 않으려고 애썼다.

"집에 데려다주기 전에 엄마와 만나게 해주고 싶었을 뿐이에요." 그가 말했다.

그는 어머니에게 다가가서 이마에 부드럽게 입을 맞췄다. "사랑해요, 엄마."

목구멍 깊이 틀어박힌 단단한 응어리는 그들이 언제나 생존 모드였다는 깨달음이었다. 꼭 붙들고 버티기. 생계에 매달리기. 아르바이트 일당에서 식료품 구입용 쿠폰을 거쳐 다시 아르바이트 일당으로.

"나도 사랑한다. 아가. 이 쿠폰 하나 가져가서 올 때 다이어트 콜라 하나만 사다줄래." 어머니는 쿠폰을 그의 손에 꼭 쥐여주면서 잠시 그의 눈을 물끄러미 보았다.

"그리고 잔돈으로 너하고 여자친구하고 뭐 맛있는 거 사 먹어." 그녀가 말했다.

7

세이비

내 이름이 세이비라는 것만큼이나 자신 있게 장담하는데, 살아남으려면 온 데 사방에다 돈을 넣어두어야 한다. 코트 안감에 꿰매 만든 비밀 호주머니 속에, 이제는 더이상 신지 않지만 토요일 밤 춤을 추러 나가던 오래전의 기억을 떠올리게 해주니 버릴 수도 없는 스웨이드 구두 안에. 꽃병과 사탕 접시 밑에도 두고, 손수건으로 꽁꽁 싸고 잘 묶어서 서랍장 저 안쪽에 넣어두고. 은행 문이 상시 열려 있는 게 아니라는 걸 알아야 한다. 은행에서 이제 네 돈은 다 사라지고 없어졌다고 말할 수도 있다. 그러면 뭘 어떻게 할까? 대체 뭐가 남을까?

잘 들어라. 털사의 백인들이 우리 할머니의 미용실을 다 불태워버렸다! 우리 엄마가 다녀야 할 학교를 불태우고 엄마의 아빠가 하던 식당을 불태웠다. 우리 엄마도 하마터면 불에 타죽을 뻔했다. 땅에 묻히던 그날까지 이마에 하트 모양 흉터를 달고 다니셨다. 두 살배기 아이를 태워죽이겠다고 달려드는 저들을 상상해보라. 그 아기가 우리 엄마였다. 두 살배기라 비처럼 퍼붓는 화염 속에서 제대로 걷지도 못했지. 그녀의 아빠가 재빨리 안아들었지만, 이미 그녀의 엄마가 하는 미용실에서 불타는 나뭇조각이 그 뺨에 떨어져 평생 지워지지 않을 기억의 증표를 새겼다. 두 살이라니. 그 백인들은 그린우드 전역에서 목숨이 붙어 있는 갈색 몸뚱어리들을 모조리 죽일 작정이었다, 우리 엄마까지 포함해서. 1921년의 일이다. 역사는 그 사건을 폭동이라고 부르려 하지만, 실제로는 학살이었다. 백인들은 전투기를 끌고 들어와서 엄마의 동네에 폭탄을 투하했다. 엄마는 편히 잠들어 있겠지만, 살아 있었다면 누구한테나 그 이야기를 해줬을 것이다. 나는 학교 갈 나이가 될 때까지 그 이야기를 백 번도 더 들었다. 나는 알았다. 아이리스도 똑똑히 알도록 가르쳤다. 멜로디도 똑똑히 알게 할 테고. 시체가 기억되려면 누군가 대신 이야기를 해줘야 하니까. 저들이 우리 엄마를 불태워죽였다면 나는 지금 여기 없을 테지. 그러나 이것만큼은 확실히 말할 수 있다. 백아흔아홉 살까지 살게 되더라도 이 세이비가 그 주에 발을 들이는 일은 없을 거라고. 이 맹세의 증인이자 내 구세주, 내 반석인 하느님. 미스 세이비의 발이 오클라호마주 근처에라도 가는 일은 절대로 못 볼 겁니다.

늙은이들은 잿더미에서 새로운 새가 날아오른다고 입버릇처럼 말했다. 화재 후에 저들이 성히 남겨둔 건 별로 없었지만, 그래도 우리 엄마의 일가친척은 그나마 건진 살림을 꾸려서 시카고로 이주했다. 할아버지의 형제가 그곳에서 의사로 일하고 있었다. 시카고도 1919년*에는 그 나름대로 문제가 많았지만, 시간이 흘렀고 할아버지의 형제는 자수성가해서 잘살고 있었다. 간호사와 결혼해서 사우스사이드의 큰 주택에 살았고 좋은 옷을 입었고 진짜 은제 식기를 썼으며 매일 저녁 두 가지 고기가 상에 올랐고 가정부 한 명을 뒀다. 주여. 다만 한 가지 슬픈 일은 그 간호사가 아이를 갖지 못해 어른 네 명이 우리 엄마를 목숨처럼 아꼈다는 사실이다.

주님. 주님. 주님. 그렇게 행복하고 근사하게 살면서도 엄마

---

* 1919년 여름, 시카고에서 인종 폭동이 일어나 백인우월주의자들이 흑인들을 집단 린치, 살해하고 그들의 터전을 불살랐다.

는 과거의 불길을 떨쳐낼 수 없었다. 어린 시절 밤마다 그 불이 쫓아오는 바람에 그녀는 비명을 지르고 식은땀을 흘리며 잠에서 깨고 말았다. 어린아이들이 아무것도 모른다는 말을 난 그래서 믿지 않는다. 너무 어려서 이해를 못한다니. 걷고 말할 수 있으면 다 안다. 태어나서 처음 몇 년간 아기가 얼마나 많이 자라는지. 기고, 걷고, 말하고, 깔깔 웃고. 뇌가 끝없이 변하고 또 변한다. 이 모든 건 아이들의 피에 녹아들 수밖에 없다. 그애들의 기억에 스며드니까.

그 백인들은 횃불과 분노를 치켜들고 왔다. 차를 타고 빙글빙글 돌며 야유하고 깜둥이가 원래 우리의 이름인 것처럼 불러댔다. 우리 종족의 삶과 꿈을 잿더미로 만들어버렸지. 그래서 엄마는 자기 것을 붙들고 놓지 않는 법을 아는 대로 모두 내게 가르쳐주었다. 사람은 꿈을 붙들고 살고 또 돈을 붙들고 산다는 걸 나는 안다. 종이돈은 불에 잘 탄다는 것도 잘 알고. 그러니 25센트짜리 쿼터와 5센트짜리 니켈과 10센트짜리 다임 동전으로 바꿔서 갖고 있어야 한다. 동전들이 너무 많아지면 금괴로 바꿔주는 사람들을 찾아야 한다. 금덩어리들을 받으면 마룻널 아래 쟁이고 캐비닛에 높이 쌓고 냉기로 하얗게 성에가 끼도록 냉장고에 넣어둬야 한다. 그러고 나서는 살아가는 동안 매일매일 네 자식에게 말해줘야 한다. 내가 죽기 전에 꼭 말해주마. 이 집 구석구석에 너를 위한 것들이 쌓여 있단다. 너한테는 그게 꼭 필요할 거다.

내가 '엄마'라고 부를 수 있게 됐을 때부터, 그녀는 입버릇처럼 말했다. "세이비, 네 것은 꼭 붙들고 놓지 말아야 한단다." 세월이 흐르고 이렇게 늙어버린 지금도 어린 시절 이가 빠질 때마다 물었던 기억이 난다. "엄마, 이 이빨은 내 거예요. 꼭 붙들고 놓치지 말아야겠죠?" 지금 생각하니 웃음만 난다. 엄마, 마음 착한 우리 엄마는 말씀하셨다. "그 이빨은 걱정하지 마. 엄마가 갖고 있을게. 엄마가 너 대신 꼭 잡고 놓지 않을게." 그러니 이 세상 어딘가에는, 아마 내 유치가 가득 든 잼병이 있을 것이다.

나는 엄마의 스펠먼 칼리지* 스웨터도 꼭 붙잡고 놓치지 않았다. 그 학교로 진학한 첫날 입고 갔고, 지금까지도 잘 간직하고 있다. 아빠의 청진기도 끝까지 버리지 않고 갖고 있었는데, 어느 겨울 검은 가죽 케이스에서 꺼내보니 고무가 녹아 끈적거리고 은색 원반에 깨알처럼 녹이 슬어 있었다. 그것으로부터 내가 얻은 거라곤 불과 연기의 기억뿐이었던 것 같다. 그 기억, 그리고

* 조지아주 애틀랜타 소재의 흑인 여성을 위한 유서 깊은 사립대학.

가족이 다 함께 나를 위해 꾸준히 모았던 황금. 황금과 그들—할머니와 할아버지, 엄마와 아빠, 심지어 할아버지의 형제와 그 아내까지—이 다 함께 황금을 모았고 황금만은 저들 손에 파괴되지 않을 거라 굳게 믿었다는 사연도. 황금이 있고 그걸 잘 숨겨두기만 하면 남은 평생 걱정없이 살 수 있다고, 그들은 믿었다.

이 나라에서는 어디서나 은수저 이야기를 하지만 진실을 말하자면 수저는 황금이었다. 단단한 금덩어리들이 차곡차곡 높이 쌓여 있었지. 그렇게 해야 하는 거다. 유색인, 흑인, 검둥이, 갈색…… 자기 자신을 부르는 이름이 백인이 아니라면 그렇게 해야 한다.

주여.

하지만 다 크지도 않은 딸아이가 부푼 배를 안고 나타나면, 잠시 그 많은 금덩어리도 아무 빌어먹을 의미가 없다는 생각이 든다. 자기 자식한테 순결을 지키는 법도 가르치지 못한 마당에. 꼭 잡고 놓지 않는 법도, 여성으로 제대로 성장하는 법도 못 가르친 주제에. 밤의 어둠을 향해 목이 쓰라리도록 통곡하다보면 몸 한번 들썩거릴 힘조차 남지 않았다. 몸뚱어리를 아무리 쥐어

짜도 눈물 한 방울 나오지 않았다. 하느님과 자기 자신에게 저주를 퍼부을 이유도 다 떨어지고 없었고. 그래서 영영 다시는 침대에서 일어나지 못할 것만 같다가도, 결국은 일어나게 된다. 쑥덕거리고 흘끔흘끔 쳐다보는 이웃들이 지긋지긋해서라도 일어나게 된다. 일요일에 성당 사람들이 등을 돌리면 사제를 똑바로 보며 일어나기로 결심한다. 로드앤드테일러 캐시미어코트를 입고 일어나서 곁에 따라붙는 치욕을 분연히 거부하기로 결심한다. 사제가 하나뿐인 내 딸을 자기 방으로 불러 아이 허벅지 너무 위쪽까지 손을 올리면서 지옥에 마련된 자리 운운하면, 딱 한 번 더 성당으로 돌아가야지. 가서 사제를 저주하고 그 사람들을 저주해야지. 그리고 일어나야지.

계속 그렇게 일어나야 한다. 황금의 일부를 현금으로 바꾸고. 그 돈을 자기 자신과 자식과 남편이 평생 알아온 브루클린에서 멀찌감치 떨어진 어느 집에 숨겨두고. 짐을 꾸리고 일어나야 한다. 기억하고 있는 유년기의 동요를 부른다. 엄마는 어쩌면…… 아빠는 어쩌면…… 생전의 부모님을 기억하고 불길 속에서 꺼내온 루실즈 헤어헤븐과 파파조스 서퍼클럽의 오래된 사진들을 잘 챙기고…… 그리고 일어난다. 일어난다. 일어난다.

아이리스가 아기 때부터 하루도 빠짐없이, 나는 그 이야기를 들려주었다. 저들은 명백한 의도를 가지고 왔다고. 저들이 원하는 건 단 하나였다. 우리가 자취도 없이 세상에서 사라지는 것. 우리의 돈이 사라지는 것. 우리의 가게와 학교와 도서관들이, 모든 것이 모조리 사라지는 것. 그 일은 내가 생각으로 존재하기도 전, 무려 이십 년 전에 일어난 일이지만 나는 그 이야기를 짊어지고 다닌다. 그 사라짐을 짊어지고 다닌다. 아이리스도 그 사라짐을 짊어지고 다니고. 그리고 저 계단을 내려오는 멜로디를 지켜보면서, 이제 우리 손녀딸이 그 사라짐을 짊어지고 다니리라는 걸 안다.

하지만 두 아이는 그 사라짐 속에 존재하는 무수한 다른 것들도 짊어져야 한다는 사실을 알아야 한다. 달려 도망치기.

생존하기.

그래서 눈물이 마를 때까지 통곡하고 나자, 슬픔은 뒤로하고 닥쳐오는 일들에 대처할 궁리를 해야 했다. 딸아이를 윽박지르며 위협하던 말대로 할 수도 있었다. 아이리스를 집에서 쫓아내고 그 아이가 태어난 적도 없다는 듯 살아갈 수도 있었다. 그러나 그랬더라면 하느님 보시기에 나는 어떤 인간이 되었을까? 또한 내 복된 영혼의 눈이 보기에는? 횃불을 들고 와 할아버지가 일생을 바쳐 지은 모든 위업을 철저히 무너뜨린 그 낱낱의 백인보다 더 저열한 인간이 되었겠지. 연기를 보며 깔깔 웃고 불길에 탄복하던 그 백인 무리보다도 한참 저열한 인간이 되었겠지.

그래서 나는 일어났다.

이제 우리 아가, 우리 손녀딸이 우리 소유의 집 층계를 내려오고 있다. 십육 년도 넘게 지난 옛날에 내가 돈을 주고 지은 드레스를 입고. 나와 포보이, 우리는 돈으로 우리 삶을 다시 샀다. 한 푼도 낭비하지 않고 지독하게 아끼고 저축해서 원래부터 마땅히 우리 것이어야 할 삶을 되사는 데 썼다. 나의 할머니가 값을 지불한 모든 것을 되찾았다. 루실즈 헤어헤븐, 그건 너를 위한 누군가의 꿈이란다. 파파조스 서퍼클럽, 갈비와 초록 채소가 담긴 접시들이 층층이 높이 쌓인 모습을 상상해보렴. 버터밀크 비스킷과 아마 애플파이도 있겠지. 주물 팬에 구운 뜨거운 복숭아 코블러도.

잘 들어라. 저 아이가 방금 밟은 맨 아래 계단 널을 끌로 뜯어
내라. 바로 거기가 금덩어리들이 있는 자리다. 저애는 아주 어릴
때도 이미 그걸 알아보았다. "저 계단에 폴짝 뛰면, 다른 계단이
랑은 다른 소리가 나요, 할머니." 어느새 네 살이 된 아이는 소리
의 높낮이를 민감하게 알아채서, 나는 까마득하게 오래전 아이
리스가 미련 없이 그만둔 피아노 교습을 다시 물색했다. "잘 들
어보세요." 손녀딸은 피아노 의자에서 폴짝 뛰어내려서는, 땋아
내린 머리가 어깨와 등 위로 찰랑찰랑 흔들리게 층계로 달려가
면서 교습 선생님에게 말했다. "이 계단이 다른 계단들이랑 얼마
나 소리가 다른지 들어보세요."

　그러던 어느 밤 그애가 잠들기 전 옆에 누워서 책을 읽어주려
는데, 그애가 눈을 크게 뜨고 내게 속삭였다. "그런 소리가 나는
건 다른 계단 밑이 텅 비어서 그래요, 할머니! 하지만 그 계단 밑
에는 뭔가 있어요." 그리고 발딱 일어나더니 내 귓전에 대고 속
삭였다. "무언가 숨어 있다고요." 아마 다섯 살 무렵이었던 것
같다. 여름이었지만 아이리스는 방학 때 오하이오에 머물면서
공부를 하기로 했기 때문에 그 집에는 여전히 우리 네 식구뿐이
었다. 대체로는 나와 멜로디 단둘이었지. 오브리와 포보이는 일
하러 나갔으니까. 하지만 맙소사, 그애와 나는 얼마나 많이 걸었

는지 모른다. 우리는 걷고 또 걷고 또 걸었다, 단둘이서. 그리고 매일 브루클린에서 새롭게 사랑할 것을 하나씩 찾았다. 내 인생의 대부분을 보낸 곳인데 멜로디가 태어나고 난 후에야 비로소 아이의 새롭고 영특한 눈을 통해 그곳을 처음 제대로 보게 되었던 것이다. 홍관조와 꽃과 밝은 원색의 자동차들. 보랏빛 리본을 단 여자아이들과 통통한 발목의 나이든 여자들. 그애는 무엇 하나 놓치지 않았고 내게 모든 걸 보여주고 말해주었다. "저것 봐요, 할머니." 그리고 저것도, 저것도, 저것도.

그러던 어느 날 식물원에 앉아서 미리 챙겨 온 샌드위치를 먹는데 아이가 나를 보고 말했다. "저기, 할머니는 우리 할머니고 아이리스는 우리 엄마잖아요. 그런데 할머니가 엄마 같고 아이리스는 꼭……" 그러더니 말을 멈추고 단어를 생각하려 애썼다. 하도 인상을 써서 그 조그만 얼굴이 잔뜩 구겨져버렸지. "꼭…… 뭐 같은지는 모르겠는데요, 할머니. 여기 우리와 함께 하는 법이 없는 사람 같아요."

그러다가 불쑥, 정말 뜬금없이 이렇게 말했다. "거기 살면서 필요한 건 넉넉하게 다 있을까요?"

"누구 말이니, 아가야?"

"아이리스요!"

하느님은 못난 우리 모두를 창조하셨고, 이제 나는 제 아빠의 검은 피부와 제 증조할머니의 길고 굵은 머리카락과 저만의 예쁘고 호기심 많은 눈빛을 지닌 어린 손녀딸과 함께 식물원에서 보낸 아름다운 오후를 돌이켜본다. 그때는 아이가 제 엄마를 아이리스라고 부르기 시작하고도 아주 한참 시간이 흘렀을 때였다. 아이가 그렇게 이름을 부를 때마다 나는 어김없이 멈칫했다. 그럴 때마다 아이에게 이렇게 말해줘야 한다는 생각이 들었다. "네 엄마잖니. 그렇게 이름으로 부르면 못써." 하지만 나는 끝내 말하지 않았다.

그 말을 하지 않은 이유는, 멜로디가 이미 엄마의 의미를 아는 아이였기 때문이었다. 엄마란 언제, 어디에 있어야 하는 사람인지 그애는 알고 있었다.

"아이리스는 넉넉하게 잘살고 있어. 멜로디. 우리 모두, 우리 모두 넉넉하잖아."

"계단." 그날 밤 읽어달라고 고른 그림책을 펼치는데 그애가 말했다. "계단 밑에 뭔가 있어요, 할머니."

그때 나는 거기 있는 게 황금이라고 말해주지 않았다. 금덩어리들이 산더미처럼 쌓여 있다고. 물과 불을 견디고도 살아남을 돈이 있다고. 시간에도 끄떡없다고.

한동안 우리 일족과 친구로 지내던 백인들도 있었다. 털사의 거주 지역은 분리되어 있었지만, 사람들은 어떻게든 그 속에서 함께하는 삶을 찾아냈다. 어느 선을 넘어서 검은 일족이 흰 일족보다 훨씬 더 많이 가지게 되고 그게 잘못됐다는 인식이 퍼지기 전까지는.

지금 이렇게 계단을 천천히 내려오는 아이를 보고 있자니, 내가 아이리스를 흠씬 두들겨패서 유산시키려던 아이의 미모와 기품이 새삼스러워 눈물에 목이 멘다. 완전히 새로운 의미의 눈물이다. 포보이가 내 어깨에 팔을 두르고 나는 손을 올려 그 손을 잡는다. 그의 손가락에서 뼈를 휘게 만드는 관절염이 느껴진다. 안에서 밖으로 서서히 사람을 잡아먹는 암 탓에 여윈 몸이 느껴진다. 그리고 나는 그이 없이 늙어가리라는 사실을 깨닫는다. 초록색 음료나 생식이나 플랫부시 애비뉴의 대체의학 의사도 그를 돕지 못한다. 포보이는 시름시름 앓으며 사라지고 있다. 풀턴의 재단사가 줄이고 또 줄였는데도 간신히 몸에 걸려 있는 바지. 검은 리넨 정장에 어여쁜 파란색 셔츠를 받쳐 입고 의자에 앉아 있는 지금, 그 모든 옷가지가 공기에 걸린 것처럼 헐렁하게 걸쳐져 있다. 그의 손을 한번 더 꼭 힘주어 쥐자 그가 살짝 몸을 뒤로 빼고서 내 얼굴을 흘긋 바라본다. 그러면서 그 미소를 짓는다. 당신 지금 무슨 생각하는지 아는데 감히 그런 생각 하지도 마, 라고 말하는 미소. 그이가 아이리스에게 물려주고 아이리스가 멜로디에게 물려준 미소. 주님, 난 죽을 때까지 저 남자의 미소를 사랑할 테지요.

"당신 춤추고 싶어요?" 그가 내게 묻는다. 그리고 나는 고개를 끄덕인다. 그와 함께 추는 춤이 그리 많이 남지 않았음을 알기에. 하느님이 우리에게 주신 무도회 입장권 이용 횟수가 이제 거의 다 찼음을 알기에.

그래서 나와 포보이는 일어난다.

8
새미포보이

　생각해보면 내 심장에는 세이비와 아이리스와 우리 손녀딸 멜로디를 품을 자리가 있는 것 같다. 심지어 오브리의 자리도 있는 듯하다. 그애와 아이리스가 그리되고 나서 심장의 자리가 더 넓어졌다. 오브리한테 마음의 자리를 그렇게 많이 내어주리라고는 생각지 못했지만, 어떻게 보면 그 녀석도 하느님의 자식이다. 우리는 하느님을 닮은 모습으로 창조된 불완전한 존재라고 하니까. 한 발 물러서면, 거리를 두고 상식의 관점에서 아이리스와 오브리를 보면, 나도 안다. 그애들은 온몸에서 자기들도 이해 못할 호르몬이 날뛰는 그저 평범한 십대 아이들이었다는 걸. 동물적 본능. 욕망. 욕구. 하긴 젊었을 때는 나도 그것이랑 항상 붙어지냈다는 걸 자꾸만 잊어버린다. 나도 틈만 나면 어머니에게 공부를 한다거나 책을 읽는다거나 잠시 조용히 생각할 게 있다는 핑계를 대고 문을 꼭 닫고 방으로 들어가곤 했는데.

1962년 모어하우스 칼리지* 입학 당시 나는 여자 경험이 하나도 없는 열아홉의 단거리 육상선수였다. 아예 마음이 없거나 했던 건 아니었다. 하고 싶은 것들을 하게 해주는 여자애들이 있다는 건 알고 있었지만, 그게 누군지를 몰랐다. 친구들은 조금만 술이 들어가면 그런 여자애들 이야기를 끝도 없이 늘어놓았다. 하지만 나는 어디까지가 진실이고 어디까지가 허무맹랑한 허구인지조차 분간할 수 없었다. 나는 내가 해야 할 공부를 했고 달려야 할 400미터를 뛰었고 메달을 몇 개 받았고 회계학 학위를 받아 졸업했다. 올림픽을 꿈꾸거나 한 것도 아니었다. 그저 달리기를 위해 달렸다. 숨을 쉬는 나 자신과 귓전에 부딪히는 바람을 느끼기 위해 달렸다. 그 무엇도 400미터 단거리경주에 비견할 수 없다. 그것은 오로지 근육과 호흡과 힘이 전부다. 그리고 경주가 끝나면 또하나의 성취가 남는다. 이전에 뛴 경주들과 함께 기록될 또다른 경주. 가끔은 또하나의 메달. 일이 초 단축되는 기록. 또 일 년의 학업을 책임져줄 장학금. 졸업후 육상화는 낡

---

* 조지아주 애틀랜타 소재의 흑인 남성을 위한 유서 깊은 사립대학교.

은 베갯잇에 싸서 치워두었다. 모어하우스 칼리지를 통해 검둥이 회사 하나가 사람을 구하고 있다는 소식을 들은 나는 버스를 타고 가서 일자리를 따냈다. 그리고 출근한 첫날 이제까지 내 눈길이 닿았던 중 가장 아름다운 여자를 만났다. 문을 열고 들어온 그녀는 심부름 때문에 사촌을 만나야 한다고 했다.

젠장. 나는 의자에서 벌떡 일어나 말하고 싶었다. 부탁입니다, 제가 그 사촌 노릇을 하게 해주십시오!

암, 그렇고말고. 그 사촌을 찾아서 그와 세상에서 제일 친한 친구가 되어야겠다는 생각을 하지 않았으면 내 이름이 새미포보이 시먼스일 리가 없지.

세이비는 나를 눈여겨보지 않았다. 무심한 척 훌륭한 연기를 했다면 몰라도. 그녀는 아직 스펠먼을 일 년 더 다녀야 했고 여름학기에 보충해야 할 강의도 몇 개 남아 있었다. 나는 다시 모어하우스 캠퍼스로 집을 옮기다시피 하고 거의 매일 저녁시간 내내 그녀가 있을 만한 곳을 이리저리 걸어다녔다.

전쟁이 한창이었다. 무수한 친구들이 징집되는 모습을 지켜보면서 나는 뛸 수 있는 다리와 직접 보지 않고도 세상을 직시할 줄 아는 오른눈을 주신 하느님께 감사했다. 선천성백내장을 너무 오래 방치한 결과였다. 나는 징집 불합격 통지를 보내주시고 세이비가 그날 사무실로 들어오게 해주신 하느님께 감사했다.

세이비를 보자마자 어긋난 줄도 몰랐던 세상이 어떤 질서를 찾아가는 느낌이 들었다면 미친 소리로 들릴까? 그녀의 눈에서는 섬광이 빛났다. 깊고 단단한 무언가가 불꽃을 튀기고 있었다. 긴 세월이 흐른 지금도 내가 그때 보았던 걸 말로 표현할 방법을 모르겠다. 그 불꽃은 그녀의 눈에서 광대뼈 주위로 내려왔다가 그녀의 입술에 걸렸다. 그녀의 반듯한 등뼈에서도 그 불꽃을 볼 수 있었다. 나는 그 빛을 내 곁에 두고 싶었다. 내가 아직도 설명하지 못하는, 그녀가 내면에 간직하고 있던 그 빛. 나는 그 불꽃이—그리고 세이비가—언제나 내 곁에 머물기를 바랐다.

진실을 말하자면 그해에 나는 그 누구보다도 지독히 외로운 인간이었다. 나는 브루클린에 있는 어머니를 두고 떠나 한 번도 가본 적 없는 도시의, 본 적 없는 학교에 와 있었다. 총장인 벤저민 메이스 박사에게 편지를 보내서 내가 모어하우스에 다닐 수 있게 해달라고 부탁한 사람은 노스캐롤라이나의 엘라 이모였다. 메이스 박사는 이모에게 답장을 보냈고, 정신을 차려보니 나는 어느새 엄마와 포옹하며 작별인사를 하고 그레이하운드 고속버스에 올라타고 있었다. 엘라 이모가 그 편지를 보낼 때까지 대학에 간다는 생각은 딱히 해보지 않았다. 아침에 눈을 지그시 감고 하느님의 신비로운 조화에 감사하게 될 때가 있다. 지금 이렇게, 우리 모두가 여기까지 온 것에.

대학을 졸업하면 고향으로 돌아가서 취직해야겠다고 생각하고 있었는데, 그때 그 일자리가 생겼다. 전화비는 비쌌지만 할 수 있는 만큼 최대한 어머니에게 전화를 드렸다. 그저 책상머리에서 햄샌드위치를 먹으면서, 페이지를 넘기고 넘겨도 끝없이 들어찬 숫자를 들여다보았다. 일을 쉴 때면 육상화를 신고 모어하우스의 트랙을 돌거나 몸안의 산소가 다 빠져나갈 때까지 400미터를 뛰고 또 뛰었다. 손을 무릎에 짚은 채 거친 숨을 몰아쉬면 목이 쓰리고 내장이 불탔다. 그 불길이 그리움의 자리를 채웠다.

이제 나는 어느새 흘러가버린 삼십여 년 세월의 눈길을 마주 노려본다. 그러다 고개를 들어보니 세이비가 내 앞에 서서 교본을 가슴에 꼭 안고 미소 짓고 있다. 그녀가 입고 있는 연파란색 치마와 흰 블라우스를 바라본다. 단정하게 뒤로 모아 올린, 세이비의 어여쁜 검은 머리를 본다.

그다음에야 다시 그녀의 목소리가 들린다. 나직나직한 목소리. 남부 지역색. 그리고 강철처럼 단단한 심지도.

"누구로부터 그렇게 도망치시는 거죠, 제시 오언스* 씨?"

"그쪽이 어떻게 확신하십니까, 내가 무언가를 향해 달려가는 게 아니라고? 누군가에게로 달려가고 있을지도 모르잖아요?"

세상에는 만나자마자 여생을 함께할 사람이라는 걸 알아본다는 이야기를 못 믿는 사람들도 있지. 굳이 그런 사람들과 언쟁하고 싶지는 않다. 나는 내가 아는 걸 알고 있으니까. 나는 그 자리에 서서 그녀의 목소리와 그 목소리에 답하는 내 말소리를 들으며 환하게 웃었다. 우리는 이듬해인 1967년 7월에 결혼했다. 그

---

* 베를린 올림픽에서 육상 4종목 금메달을 획득하고 세계기록을 세운 미국의 단거리 육상선수(1913~1980).

녀가 자란 시카고의 집에서. 하느님이 세상에 내려주신 가장 완벽한 날에.

　세이비가 고집을 부렸다면 우리는 그녀의 가족과 함께 시카고에 머물렀을 것이다. 실제로도 우리는 첫아이가 태어날 때까지 일 년 정도 거기 살았다. 그 아기가 벤저민이었다. 우리는 세이비의 아버지 이름을 따서 아들의 이름을 지었다. 장인은 우리가 약혼하기 직전에 세상을 떠났다. 우리는 그 시절 이야기를 별로 하지 않는다. 벤저민의 심장은 제 할일을 하지 않았고 우리는 간신히 때맞춰 세례를 해준 뒤 곧바로 아이를 묻어야 했다. 어디서도 보지 못한 어여쁜 아기였다. 몇 주 함께 있지도 않았건만, 그애는 눈을 뜨고 똑바로 눈길을 맞췄다. 나이든 영혼 같았다. 뭔가 전해줄 이야기가 있어 과거에서 온 사람 같았다.

　벤저민이 세상을 떠나고 나자 세이비는 새로운 환경을 맞을 준비를 마쳤다. 우리는 여기 뉴욕으로 와서 내 어머니가 아끼고 저축하고 빌려서 산 집에서 함께 살았다. 나는 시내에 일자리를 구해서 그나마 보탬이 될 수 있었다. 세이비는 시내의 가톨릭 학교에서 2학년 담당 교사로 일을 시작했고 우리는 워싱턴스퀘어 파크에서 만나 히피들과 코미디언들과 자전거 타는 사람들을 구경하며 함께 점심을 먹었다. 가끔은 어머니를 모시고 저녁에 프로스펙트파크에 가서 담요를 깔고 셋이서 저녁을 먹기도 했다. 세이비와 어머니는 차를 마셨고 나는 밀러 맥주를 마셨다. 그 시절을 생각하면 언제나 햇살이 비치고 따뜻하기만 하다. 하지만 틀림없이 비도 내렸을 것이다. 춥기도 했을 것이다. 그리고 벤저민을 생각하며 오랜 시간 슬픔을 안고 살았을 것이다. 무수한 밤들을 서로의 어깨에 얼굴을 묻고 울며 보냈을 것이다.

우리는 아기를 가지려고 계속 노력하고 기도했지만 그런 일은 영영 없을 것만 같았다. 세이비가 품은 고통이 내 눈에 훤히 보였다. 그녀가 어깨를 축 늘어뜨리고 아주 조용해지곤 하는 그런 날들이 있었다.

주님이 주신 것은 주님이 거두어가신다는 말을 나는 아주 깊이 믿는다. 어머니의 간이 망가져 의사들도 손을 쓸 수 없다는 말을 들었을 때, 세이비는 두 달 동안 달거리가 없었다는 사실을 깨달았다. 우리는 그후로 몇 달을 반은 웃고 반은 울며 보냈다. 울고 웃고. 어머니는 나, 세이비, 그리고 아기 아이리스가 침대 옆에서 지켜보는 집에서 세상을 떠났다.

"우리 손주, 한 번만 더 보여주지 않으련." 어머니는 말했다.
그리고 눈을 감았다.

9
아이리스

기숙사 방에서 잠들어 오브리의 엄마가 불에 타는 꿈을 꾸었던 밤, 아이리스는 한밤중에 비명을 지르며 깨어났다. 캐시마리가 세상을 떠난 지 벌써 삼 년이 지났을 때라 아이리스는 왜 자신이 갑자기 그 두 가지, 그러니까 캐시마리와 불 생각을 뇌리에서 떨칠 수 없게 된 건지 이해할 수 없었다.

몇 달이나 지나도 싱글 침대는 여전히 딱딱하고 낯설기만 했다. 플란넬 이불 두 장을 겹쳐 깔아도 비닐 매트리스의 촉감이 느껴졌다. 대체 왜 비닐 매트리스일까? 정말로 대학에 와서 오줌을 싸는 애들이 있었던 걸까? 열 살짜리 아이가 아니고서야 싱글 매트리스에 몸이 맞는 사람이 있기나 한가? 아이리스는 항상 퀸

사이즈 침대에서 잤다. 기억나는 한 언제나 사선으로 몸을 한껏 뻗고 빛이 들지 않게 머리를 베개로 눌러 덮고 잤었다. 오브리가 함께 살기 위해 들어온 후에도 마찬가지였다. 그녀의 어머니는 아기를 낳을 때까지는 오브리가 복도 저편의 손님방에서 자야 한다고 했지만(누가 봐도 말이 안 되는 일이었고 그녀의 어머니도 알고 있었다) 오브리는 한밤중에 까치발을 하고 아이리스의 방을 찾아왔고, 임신 팔구 개월에 두 사람은 소리 나지 않게 섹스를 하는 법을 터득했다. 커다랗게 부푼 배를 안고 누워도 침대는 두 사람이 같이 쓰고도 남을 만큼 컸고, 오브리의 열정이 뒤섞인 슬픔은 아이리스를 안는 손길에 새삼스러운 절박함을 더했다. 동틀 무렵 오브리는 다시 손님방에서 곤히 잠들었고 아이리스도 원래의 자세로 돌아갔다. 모퉁이에서 모퉁이까지 침대 전체를 차지하고 누웠다.

봄날이었고, 대학에서의 첫해였다. 마지막 눈이 드디어 녹았고 오하이오의 빛에는 어쩐지 영원히 떠나고 싶지 않게 만드는 무언가가 있었다. 창가에 선 채 밖을 내다보면서 아이리스는 브루클린과 그녀가 알던 모든 것에서 점점 더 멀어지는 느낌을 받았다. 이런 감정은 가슴이 저릿한 아픔, 가슴을 묵직하게 짓누르는 느낌일 줄 알았다. 그러나 그렇지 않았다. 오히려 자유였다.

손에서 떠나보내는 해방감이었다. 그렇게 일찍부터 아이리스는 다시는 집에서 행복할 수 없다는 사실을 알았다. 브루클린과 오 브리, 심지어 멜로디를 넘어서 성장해버렸다. 잔인한 일이었을 까? 아이 엄마가 열아홉 살 나이에 이제 자식에게 해줄 수 있는 건 다했다는 걸 본능적으로 깨닫는 일은? 아이리스는 아이에게 생명을 주었다. 고등학교 2학년에서 3학년까지 내내 수유를 했 다. 점심시간에 집으로 달려가서 제 입안에 음식을 쑤셔넣고 아 기 입에 젖을 물렸다. 둘은 휘둥그레 뜬눈으로 경탄하며 서로의 눈을 바라보았다. 너는 어떻게 해서 여기까지 오게 된 거야? 내 곁에 머물러줄 거니?라고 묻듯이. 그녀의 몸이 또다른 신체 부위를 키 워냈다. 세번째 팔, 혹은 묘하게 다른 리듬으로 뛰는 두번째 심 장 같은 것. 아니, 그녀의 심장을 두드리는 것 같다고 할까. 나 여 기 있어요, 나 여기 있어요, 나 여기 있어요의 리듬에 맞춰 그녀의 심장을 노크하듯이.

남쪽 안뜰에 나와 놀고 있는 기숙사 친구들이 몇 명 보였다. 아름다운 검은 피부에 더욱더 검은 머리칼을 손으로 배배 꼬아 어깨에 늘어뜨린 그 아프리카계 여자애가 있었다.

"이 머리는 도무지 주인 말을 듣지 않아." 그 여자애는 첫날 강

의실에서 쭉 당겼다 놓기만 하면 커다랗게 부푼 아프로 스타일[*]
로 돌아가는 굵은 제 머리카락을 두고 말했다. 아이리스는 그 말
이 무슨 뜻인지 이해하지 못했고, 그애는 가톨릭 여학교 학생들
이 그녀를 바라보던 눈빛으로, 다 안다는 듯한 의미심장한 눈빛
으로 아이리스를 바라보았다. 아기 엄마라는 걸 꿰뚫어볼 수 있
었던 걸까? 브루클린에서 그녀가 온전히 어른의 삶을 살았고 오
벌린 칼리지는 벌써 너무 빨리 흘러가고 있는 사 년의 찰나라는
걸. 그러나 여자애는 곧 압축해서 요약이라도 하듯 다시 아이리
스를 위아래로 훑어보았다. 그리고 아이리스는 처음으로 머리부
터 발끝까지 온몸이 위압당하는 느낌을 받았다. 딱히 밝다고 할
수 없는 그녀의 피부색, 연한 갈색 눈. 심지어 그녀의 젖은 머리
카락은 멜로디와 오브리의 머리처럼 탱탱한 곱슬머리로 탄력 있
게 말리지 않았다. 군데군데 직모에 가깝게 늘어지는 머리카락
이 있는가 하면 배배 꼬이고 푸석푸석하기만 한 머리카락도 있
었다.

"너희 가족은 어디서 왔어?" 여자애는 물었다. 그녀는 밝은
빨간색 글씨로 '잠비아다, 못된 년아!'라고 가로질러 쓰인 검은

---

[*] 곱슬머리를 빗어 세워 크고 둥근 모양으로 다듬은 머리 모양.

색 티셔츠를 입고 있었다. 자기가 한 질문을 남들한테 받는다면 그게 답이었다.

"브루클린." 아이리스가 말했다. "그전에는 시카고. 그리고 조상 한두 분은 털사에서." 그때까지는 털사 얘기를 꺼낸 적이 한 번도 없었다. 그건 잠자는 역사였고, 미친 소리처럼 들리는 숨겨둔 돈 얘기와 함께, 좀비처럼 죽었다가 자꾸만 되살아나는 어머니의 케케묵은 옛날이야기였다. 그리고 간혹 와인이라도 한두 잔 걸치는 날에는, 대학살—실제로 일어나기는 한 일일까?—에 대한 궁상맞고 해묵은 절망이었다. 아이리스가 어렸을 때 그녀의 어머니가 그 학살 사건 이야기를 들먹인 게 몇 번이었던가? 헤아릴 수도 없었다. 그러다 열두 살이 되었을 때 아이리스는 어머니에게 악을 쓰고 소리를 질렀다. "그건 엄마의 역사지, 내 역사가 아니야!" 어머니는 처음에 말문이 막혀 조용해졌다가, 혼란스러워했다가, 놀랍게도 눈물을 보였다. "네 말이 맞다, 아이리스." 그녀는 말했다. "네 역사는 아니야."

그러나 어쩐지 여기에 오니, 털사가 그녀의 이야기에 깊이를 더해주는 것 같은 느낌이 들었다. 뉴욕이라는 세계시민주의 도시의 이야기와 대조되는 이국적인 배경이었다.

여자애는 말했다. "나는 꼬마였을 때 오클라호마에 대한 그 연극을 정말 좋아했어. 얘들아, 조용히 해. 우리 아가가 자-암자고 있잖니…… 그런 가사의 노래 있잖아……" 그 여자애는 노래를 불렀다. 지저귀는 듯한 특유의 억양은 거의 사라지고, 아마도 연극의 일부로 짐작되는 콧소리 섞인 사투리가 대신했다. 아이리스는 그 연극을 본 적이 없었다. 털사에 가본 적도 없었지만, 털사가 오클라호마와는 별개라는 걸 마음 깊이 알고 있었다. 털사는 실제의 장소가 아니라 그곳의 유령이었다. 어렸을 때 어머니가 거듭거듭 전해주려 애쓰던 그 이야기들과 관련이 있었다. 흑인들, 그리고 상실과 관련이 있었다. 화재. 흑인의 미래를 파괴하는 일. 말들은 이제 아이리스의 머릿속에서 형편없는 종소리처럼 잘랑거리며 휙휙 스쳐지나갔다. 어머니와 나눈 대화들에 대한 그 어렴풋한 기억. 흑인의 부가 어쩌고저쩌고. 멜로디 할머니의 머리에 생긴 흉터. 아니 볼이었던가? 어깨였던가?

지금, 다른 학생들과 잔디밭에서 춤추고 있는 그 여자애를 보고 있자니 아이리스는 그 노래를 듣고 웃어버린 기억이 떠올랐다. 그 여자애는 비웃음이 자기를 향한다는 걸 깨닫고 빙글 돌아 걸어가버렸다. 콧소리 섞인 그 억양을 생각하자 아이리스는 자

기도 모르게 또 입가에 웃음이 번졌다. 우리 아가가 자-암자고 있
잖니. 다른 여자애들과 친구가 되는 법을 배우는 건 아무래도 고
등학교 때인 모양이다. 하지만 아이리스는 10학년 때 임신을 했
고 위험했다. 가톨릭 여학교 학생들은 그 정도는 확실히 얘기해
주었다. "우리 엄마가 그러는데 너 같은 배는 전염성이 있대. 빵.
빵. 빵. 하나 둘 셋. 제일 먼저 너, 그리고 다음엔 내 차례라고 했
어." 그 여학생들은 아이리스에게 완전히 매혹되어 있었다. 그러
나 멀리서 거리를 두고 빤히 쳐다보다가, 고개를 든 아이리스한
테 들키면 다시 교실 앞쪽으로 고개를 홱 돌리면서, 화장실과 복
도에 삼삼오오 모여서 언제 어떻게 임신하게 되었는지에 대해
속닥거렸다. "한번에 남자애 둘이랑 했다고 들었어. 그래서 지금
뱃속에 아기가 둘이래."

 "아니야, 절대로 그건 아니야. 난 그런 짓을 한 게 친아빠라고
들었어."

 "거짓말!"

 "아니. 사실인걸."

"쟤네 집에 아기가 또 있다던데. 열한 살 때 낳은 애라고 했어!"

"터무니없는 헛소리야. 열한 살에는 그럴 수가 없어. 아무도 안 돼."

"쟤가 보통 사람처럼 보이니? 뱃속에 아기가 있을 정도면, 다른 아기도 낳았을 수 있는 거지. 안 그러니. 어쩌다 아기가 저기 들어가게 됐는지 너희는 모르잖아, 알아? 아는 게 하나도 없잖아."

그러나 그중에 뭐 하나라도 아는 사람이 있었을까? 아이리스는 그들의 동그란 원을 헤치고 중간으로 들어가서 부푼 배를 내밀고 전부 다 말해주고 싶었다. 얼마나 기분좋은 느낌인지. 어떤 냄새가 나는지. 오브리의 목에 맺힌 땀방울이 어떤 맛이었는지, 목구멍 뒤쪽을 긁던 쾌감의 비명을 어떻게 삼켜야 했는지. 그녀가 아는 것들을 털어놓고 엄청난 충격으로 넋이 나가게 해주고 싶었다. 말하고 싶었다. 이제 어서 달려가서 너희 엄마한테 다 말씀드려봐!

그러나 미처 그럴 기회가 오기 전에 수녀들이 그녀의 부모를 학교로 불렀다.

"저런…… 상태로 학교를 다니는 건 안전하지 않습니다." 그녀의 부모는 그런 말을 들었다. 아이리스는 두 사람 사이에서 작아진 기분이 들었다. 옆자리에 앉은 그녀의 어머니는 심지어 그녀보다 더 조그맣게 쪼그라들고 있는 것 같았다.

"교육위원회에서 사람을 불러서 홈스쿨링을 받을 수 있을 거예요. 이번 학년은 처음부터 다시 공부해야 할 겁니다. 지금 상황이—"

"학년을 반복하는 일은 없을 겁니다." 마침내 입을 연 사람은 어머니였다. "그러기에는 너무 똑똑한 애예요." 그리고 수녀가 아이리스의 배에 번개처럼 눈길을 던지자 어머니는 그녀의 손을 잡고 일어나서 그녀를 일으켜세웠다.

수치심 속에서도 아이리스는 어머니의 손을 꼭 잡고 매달렸다. 세상 그 누구보다 어머니를 더 사랑했다. 수녀의 시선에서 그녀를 끌어내 구해주고, 자유로 이끌어준 사람이 어머니였으니까.

교육위원회는 없었다. 그 대신 어머니는 교과서를 잔뜩 사다주며 공부하라고 말했다. 그러나 부모가 일하러 나가고 나면 아이리스는 TV를 켜고 시리얼을 한 그릇, 두 그릇, 세 그릇 퍼먹으며 앉아서 퀴즈쇼와 연속극을 보았다.

우편함에는 팸플릿들이 날아들었다. 검정고시 센터, 임신한 십대를 위한 대안학교들, "등록금 일시납이 필요 없고" "당신은 이미 학비 대출 자격이 있다"며 수료하면 블루컬러 일자리를 약속한다는 기술 연수 프로그램. 그녀를 수신인으로 한 우편물이 날아올 때마다 슬픔과 실패와 교착의 감정이 밀물처럼 밀려왔다. 임신 오 개월째, 과체중이고 못생겼다는 느낌에 시달리던 그녀는 오브리한테 이끌려 다시 한번 그의 어머니를 만나러 가게 되었다.

"엄마는 아셔." 오브리는 그 말을 하고 또 했다. "괜찮아."

"보아하니 수표는 너와 오브리가 같이 썼는데, 현금을 지불하는 일은 네 몸이 떠맡은 것 같구나." 오브리의 어머니가 아이리스의 배를 턱으로 가리키며 말했다. 아파트는 여전히 컴컴했지만 한결 깨끗하고 산뜻한 냄새가 났다. TV는 꺼져 있었고 그의 어머니는 옷을 차려입고 땋은 머리를 정수리 위로 말아올린 채

목에 고양이 눈처럼 생긴 작은 안경을 걸고 있었다.

"학교에서 너를 쫓아냈다고 들었는데."

아이리스는 고개를 끄덕였다. 오브리 어머니의 목소리는 허스키했다. 수년에 걸친 흡연에 또다른 이유도 있는 것 같았다. 하지만 담배는 끊었어, 오브리가 말했다. 전에 나던 냄새가 아마 그거였던 모양이다. 담배, 재, 부탄가스 라이터. 임신하고 나서 냄새에 민감해졌다. 심지어는 단 과자를 굽는 냄새에도 구역질이 났다.

"그리고 부모님은 두 분 다 낮에 일하신다고, 그래서 오브리가 학교 간 사이에 너는 TV만 본다면서." 아이리스는 이제 오브리의 엄마가 예전에 예뻤을 거라는 걸 알 수 있었다. 눈가의 분위기. 헤어라인이 넓은 얼굴을 감싸고 휘어지는 모양새. 그녀에게 말할 때 보여주는 희미한 미소, 쓴웃음은 아니고 그보다는 친절한 느낌. "오브리가 없을 때는 당연히 너희 둘이서만 할일 없이 빈둥거리고 있겠지."

아이리스는 아무 말도 하지 않았지만, 그렇다고 눈길을 떨구

지도 않았다. 사실이었다. 넓은 집에는 이삿짐 상자와 천으로 덮어놓은 가구들이 한가득이었다. 거의 매일 그녀는 그 가운데 혼자 있었다. 그녀의 어머니는 태어날 아기와 새로 사려는 집에 날아올 청구서들에 미리 대비하기 위해 일을 하나 더 맡았다. "엄마가 이 집과 이 사람들로부터 멀리 떨어진 곳으로 너를 데리고 가줄게. 눈 깜박할 사이에, 여기서 사라져버리자꾸나."

이제 여기 오브리의 어머니가 그녀에게 또다른 제안을 하고 있었다. 과외 수업. 그리고 함께 있어줄 사람.

그녀는 캐시마리라고 불리길 바랐고, 우드바인 스트리트와 어빙 애비뉴 교차로에 있는 도서관에서 일주일에 세 번, 오전 열한시부터 오후 세시까지 만나자고 했다. 하지만 그전에 꼭 배를 채우고, 공부하며 먹을 간식을 챙겨 오라고 했다. 수학과 과학 진도를 따라잡아야 했다. 스페인어와 영어도 있었다. 읽어야 할 책과 외워야 할 어휘가 있었고, 논거를 인용하고 주제를 분석하고 에세이를 써야 했다.

그녀는 느릿느릿 조심스럽게 말했다. 자기가 빨리 말하면 머리 나쁜 아이리스가 못 알아들을까봐 걱정이라도 하는 것처럼.

하지만 그후로 몇 달이 흐르고 아이리스는 그녀가 누구한테나 그런 식으로 말한다는 걸 알게 되었다. 그래도 그날은, 차마 캐시마리에게 좀 빨리 말해달라고 부탁할 수가 없었다. 부탁하지 않았다. 옆에서 오브리가 자신의 유일한 한줄기 빛이라는 듯 제 어머니를 바라보며 웃고 있었으니까.

"왜 이렇게 해주는지 모르겠어." 아이리스가 말했다. "선생님도 아닌데."

"하지만 엄마는 똑똑해." 오브리가 말했다. "세 살 때 엄마가 나한테 글을 가르쳐줬다고 했잖아, 기억나?"

"그래. 네가 나한테 천 번도 더 말해줬잖아."

"일곱 살 때 구구단을 다 외웠어." 오브리는 마치 한 번도 제 입으로 말한 적 없는 얘기라는 듯 말했다.

"아이를 가진 건 너야." 캐시마리가 말했다. 역시 특유의 너무 느리고, 너무 또박또박한 말투로. "그렇지만 네가 가진 건 오브리의 아이잖니. 내 손주. 얼마 안 가서 네 문제만은 아니게 될 거야. 그리고 난 우리 손주의 엄마가 고등학교 중퇴자가 되길 정말 원치 않아."

"내 아기예요." 아이리스가 말했다. "키우는 일도 다 내가 한다고요. 그애 때문에 뚱뚱해지고 그애 때문에 토하고 그애 때문에 잠도 못 자요."

"지금은 네 것이지." 오브리의 엄마가 말했다. "하지만 언제까지나 그렇지는 않을 거야."

그녀는 미소를 지었다. 오브리와 똑같은 미소였다. 가지런한 흰 치아와 오브리처럼 풍만한 입술, 솔직하고 조금은 애원하는 듯한 미소. "난 네가 이 일로 발목 잡혀서 아무것도 못하는 걸 두고 볼 수는 없어. 할 수만 있다면 시간제 일자리도 그만두고 일주일에 오 일 매달려서 네 공부를 봐주고 싶을 정도야. 나한테는 이게 그만큼 중요한 문제야. 그렇지만 우리는 이미 이 빌어먹을 시스템에 빌붙어서 식료품 구입용 쿠폰이며 메디케이드*로 살고 있잖니. 우리한테 베풀어지는 그 덜 떨어진 원조는 한 푼도 더

---

* 저소득층과 장애인을 위한 미국의 의료복지 체제.

받고 싶지 않거든. 내가 일을 그만두면 정부에서 돈을 더 받아야해. 어디 지랄할 개똥 같은 소리지."

아이리스는 하마터면 웃음을 터뜨릴 뻔했다. 오브리의 어머니는 입을 다물고 머리를 뒤로 묶어 올리고 있으면 꼭 백인 숙녀 같았다. 하지만 일단 말을 시작하면 오브리보다 더 흑인다웠다.

"노동복지고 이 빌어먹을 정부고 다 엿이나 먹어라지." 캐시마리가 말했다. 아이리스한테 말한다기보다는 혼잣말에 가까웠다. "너와 오브리가 저들의 게임에 발목 잡혀 꼼짝도 못하게 내버려두지는 않을 거야." 그러더니 잠시 감은 눈을 흰 손가락으로 지그시 눌렀다. "그런데 젠장, 더럽게 피곤하구나, 아이리스야. 더럽게 피곤해."

여러 해가 지나고 쉰 살 가까운 나이가 되어 아파트에 혼자 앉아 전화벨이 울리기만을 기다리게 되면—이제나저제나 멜로디가 전화를 걸어와 점심을 먹자거나 센트럴파크를 산책하자고 말해주기만 기다리게 되면—그때 아이리스는 이날을 기억하게 될 것이다. 캐시마리 또한 외로웠고 이미 죽어가고 있었음을 이해하게 될 것이다. 그래서 아이리스와 아직 태어나지 않은 아기와 함께 보내는 시간만큼은, 세상을 떠나기 전에 꼭 내어주고 가야 한다고 생각했다는 것도. 그녀는 아이리스의 배움에 자신의 일부를 남겨두고 떠났다.

　바로 다음날, 그들은 영어부터 시작했다. 아이리스는 적막에 가까운 도서관의 묵직한 오크 테이블에서 캐시마리와 마주보고 앉았다. 캐시마리가 교과서를 들여다보다가 눈길을 들어 천천히 부사 구문을 설명하자, 아이리스는 문득 오브리의 어머니도 한때는 젊은 여자였고, 아마도 침대에 나신으로 누워 자기 남자의 귀를 깨물며 놀았으리라는 생각을 하게 되었다. 그로부터 몇 달후, 캐시마리가 아이리스의 손을 잡고 손가락을 사용해 구구단외우는 법을 가르쳐줄 때—"이건 네가 초등학교 때 배웠어야 하는 거야. 대수를 잘하려면 이건 네 이름처럼 달달 외우고 있어야해"—아이리스는 갑자기 실패할지도 모른다는 끔찍한 두려움에 사로잡혔다. 그때 아이리스의 뇌 속에서 무언가 변화했다. 마치 잠에서 깨어나듯, 잠겨 있던 무언가가 달칵 풀렸다. 아이리스의 중지를 꼭 눌러 손바닥에 붙여주던 캐시마리의 손길이, 과학과 수학과 읽기는 자기 이름만큼이나 중요하고 다음 것, 그다음 것, 또 그다음 것을 열어젖히는 열쇠라고 주장하고 있었다. 아이리스의 부모는 이런 식으로 공부의 중요성을 설파한 적이 없었다. 그저 기정사실이었다. "너는 학교에 갈 거야. 너는 대학에 진학할 거야. 공부할 거야. 취직할 거야." 수녀들은 언제나 아이리스가 죽은 후에 이루어질 하느님의 약속들로 말을 맺었다. 하지만 그녀는 죽은 사람이 아니었다. 앞으로도 오랫동안 죽지 않을 작정이었다. 하지만 숫자와 단어와 사실, 이것은 더 크고 중요한 무엇과 관련이 있었다. 그녀의 배에서 나올 아기보다도 크고 중요한 것. 바로 삶의 문제였다. 아이리스는 이 모든 깨달음을 깊이 새기고 곱씹었다. 이제 떠나가는 자기 모습이 보였다. 떠나버리고 없는 자기 모습이 보였다.

"알겠어요." 아이리스는 말했다. "이제 알겠어요."

두 사람은 도서관 계단에 주저앉아 볼로냐치즈 샌드위치와 바비큐맛 감자칩과 오레오 쿠키를 먹었다. 그리고 코카콜라로 입을 헹궈 넘겼다. 여러 해가 지나고 아이리스는 함께 먹으며 나누었던 이야기는 잊겠지만 캐시마리의 웃음소리, 굳은살 박인 손의 형태와 온기는 기억할 터였다. 그리고 멜로디가 태어난 뒤 학교로 돌아가(이번에는 학생들은 시끄럽고 교사들은 번아웃에 시달리는 인근의 공립 고등학교였다) 수월하게 A학점을 휩쓸게 되자, 너는 똑똑하다고 말해주던 캐시마리의 목소리를 기억했다.

시간이 흘렀어도, 사람들이 이젠 가능성이 별로 없다고 말해도, 네 두뇌는 아직 망가지지 않았다고 말해주던 목소리. "가서 뭐라도 해." 캐시마리가 말했다. "못할 이유가 하나도 없어. 널 따라다니며 괴롭히는 게 있는 것도 아니잖아."

아이리스는 그 순간 어머니를 따라다니며 괴롭히는 건 뭐예요? 하고 물어보았다면 얼마나 좋았을까 생각했다. 그녀가 자기 머릿속에서 벗어나 그 질문이야말로 자신이 알고 싶은 것이었음을 깨달을 만큼 나이가 들었을 때는, 캐시마리는 이미 한참 전에 세상을 뜬 뒤였다.

그해 부활절 무렵 캐시마리는 이미 호스피스 병동에 입원해 있었다. 간과 폐와 골수에 퍼진 암으로 앙상하고 창백하게 시들어갔다. 이미 때가 너무 늦어서, 아무도 그녀의 어떤 부분도 붙잡아둘 수 없었다. 임신 팔 개월에 들어선 아이리스마저 오브리처럼 고개를 젖히고 웃음을 터뜨리며 물의 힘에 대해 이야기해주던 캐시마리를 사랑하게 되었을 때였다. "물은 항상 집으로 오라고 나를 불렀단다. 언제나 내게 손짓을 했지. 아직도 그래. 어떤 날은 순전히 물가에서 걷고 싶어서 기차를 타고 브라이튼비치로 가지. 그냥 물과 가까이 있고 싶어서. 물소리를 듣고 싶어서. 물냄새를 맡고, 물에 갇혀버린 느낌을 조금이나마 떨치고 싶어서 말이야." 캐시마리가 '단방향의unilateral'와 '이차의 quadratic'와 '계수coefficient'라는 단어를 한없이 느리고 세심하게 발음할 때, 아이리스는 생각했다. 이 여자는 우리가 대수를 끝마치는 데 세상의 모든 시간을 쓸 수 있다고 생각하나봐. 세상의 모든 시간. 두 사람 다 그때는 얼마나 아는 게 없었는지.

십삼 개월 후, 멜로디는 코니아일랜드의 모래사장에서 처음 걸음마를 했고, 짙은 갈색 발가락이 모래에 푹푹 빠지고 작은 발이 발목에서 접힐 때마다 깔깔 웃어댔다. 오브리는 자기 쪽으로 걸어오는 아이를 안아주려고 두 팔을 앞으로 내밀고 만면에 미소를 짓고 있었다. 바람이 멜로디의 머리를 흩트리자 아이는 더 크게 웃어댔다. 날은 흐렸고 봄날치고는 너무 추워서 해변에는 사람이 거의 없었다. 아이리스의 부모가 서로에게 몸을 기대고 서 있었다. 그들 곁에 선 아이리스는 캐시마리의 뼛가루를 품에 안고 있었다. 상자를 두 팔로 소중하게 감싼 채.

"아직 걸음마를 하기엔 이른 나이 아니야?"

"괜찮아. 보통 아이가 아니니까." 오브리가 말했다. "우리가 아이를 만들었고 그 아이가 지금 여기 이렇게 걷고 있어."

아이리스는 오브리가 상자에 슬쩍 눈길을 던지고는 아직 제대로 생기지도 않은 멜로디의 목에 얼굴을 파묻는 것을 보았다. 딸의 목이 캐시마리의 목처럼 길고 가늘어지는 날이 과연 올까 생각하며, 아이리스는 오브리를 유심히 보았다. 오브리는 이제 나이들어 보였다. 열일곱 살이라고는 믿기지 않을 만큼 어른스러워 보였다. 어쩌다가 이렇게 된 걸까? 오브리는 벌컥벌컥 터져나오는 울음 사이로 꺽꺽 목이 메었다. "난 너희 가족을 잘 알지도 못하는데, 이제 내게 남은 가족은 그뿐이야."

오브리는 고개를 숙이고 아이리스의 볼에 부드럽게 입을 맞췄다. 그의 눈물이 그녀의 뺨에 묻어났다.

그리고 이제, 멜로디가 꼭 껴안고 있던 오브리에게서 떨어지며 입안의 몇 개 안 되는 유치를 드러내고 웃었다. 자그맣고 하얗고 완벽한 치아.

"이 식료품 구입용 쿠폰 하나 가져가서…… 좀 사다줄래."

아이리스는 눈을 깜박거리며 멀리 물을 응시했다.

"우리 이 일, 해야 해." 그녀가 말했다.

오브리는 눈을 들어 그녀를 보았다. 그리고 고개를 끄덕였다.

오브리가 멜로디를 안아 할아버지 할머니께 데려다주었다. 그리고 둘이서 함께 물 쪽으로 걸어갔다. 아이리스가 상자에 손을 넣었을 때, 캐시마리의 재는 놀랍도록 따뜻했다. 두 사람이 재를 뿌리자 바람이 거세게 일더니 하얀 먼지를 부드럽게 바다로 날려보냈다.

10
멜로디

나 또한 9월 그날 아침의 아메리카를 노래하려 한다.

점심시간에는 '흑인 점심식사 테이블'로 변하는 '흑인 아침식
사 테이블'에 앉아서. 맬컴과 레너드 사이. 클래리스와 테네사 맞
은편. 메이와 네티는 저쪽에. 네티의 진짜 이름은 위넷이다. 어떻
게 딸한테 저런 형편없는 이름을 붙여준 걸까? 위넷이라니. 무슨
촌스러운 컨트리 가수 이름 같다. 위넷이나 만나본 적도 없는 그
애 부모님을 욕할 생각은 없지만, 초콜릿빛 딸아이의 이름을 위
넷이라고 지은 사람들은 대체 무슨 생각인지 궁금해서 한번 만
나보고 싶기는 하다. 그애는 내 친구고 그애를 깎아내릴 생각은
전혀 없다. 우리는 함께 웃고 넘긴다. 그것도 아주 시끌벅적하게

웃어젖힌다. 무엇을 봐도. 백인 아이들이 거기, 그 식당에서, 샐러드바에 집게를 꽂은 채로 영 못마땅하고 아니꼽다는 듯 쳐다봐도 콧방귀도 뀌지 않는다. 아예 상대도 안 한다. 백인 아이들만 앉은 테이블을 확인해보지도 않고 "어떻게 그렇게 다 같이 모여 앉는 거야?"라고 따질 때, 그 백인 아이들은 자기들이 왕족을 상대하고 있다는 걸 모른다. 그래서 우리는 폭소를 터뜨리고 금요일 특식인 프라이드치킨을 먹기 위해 달려가 제일 앞에 줄을 서고 손으로 치킨을 뜯어먹는다. 집에서는 이런 식으로 음식을 먹지 못하게 하지만. 고맙게도 난 지금 집에 있는 게 아니니까. 나는 이 빌어먹을 컨트리데이스쿨에 다니고 있다. 시골country도 아니고 주간day도 딱히 맞다고 할 수 없는 이 학교에서 나는 백인 여자애들이 농구하는 흑인 남자애들을 낚아채 복도 모퉁이로, 수영장 뒤로 끌고 가고, 또 남자애들은 순순히 끌려가는 모습을 지켜보며 수년을 흘려보내고 있다.

"걔들 안쪽 머리칼도 정수리만큼 보드라운지, 그게 알고 싶을 뿐이야." 농구도 안 하고 끌려가본 적도 없는 레너드가 테이블에 모여 앉은 아이들에게 말한다. "걔들이 그 하얀 샐리*를 집에 데

---

* 백인 여자를 일컫는 속어.

려가면 엄마한테 정신이 번쩍 나도록 두들겨맞을 텐데." 그리고 우리는 웃는다. 시끌벅적하게. 농구선수들이 돌아와 자기네 흑인 전용 테이블에 앉고 백인 여자애들이 어깨 너머로 머리칼을 획 넘기며 자기네 백인 세계로 다시 녹아드는 모습을 본다. 포크와 섬세한 손가락으로 치킨 살을 뼈에서 발라내는 모습을. 우리같으면 아무도 먹지 않을 부위까지 깊숙이 먹는다. 제대로 익지 않은, 뼈에 붙은 살점까지.

그리고 그애들이 우리에게 와서 수줍어하며 — 꼭 그런다 — 너희는 프렙포프렙*이니 어베터챈스**니 물으면, 우리는 눈을 굴리며 서로 쓴웃음을 교환해서 그애들의 뺨이 붉어지게 만든다.

나는 말한다. "천만에, 너랑 똑같이 다녀. 할머니 할아버지가 여기 이 학교 다니라고 학비를 현금으로 지불했거든."

우리는 말한다. "저애들은 우리가 다 공돈으로 학교 다니는 줄 아네."

---

* 유색인 학생들을 대상으로 한 리더십 개발 및 영재 교육 프로그램.
** 재능 있는 유색인 청소년을 위한 교육을 지원하는 비영리단체.

그리고 프렙포프렙을 후려갈기는 맬컴과 어베터챈스를 끝장 내버리는 클래리스는 그저 그애들을 위아래로 훑어본다. 그애들의 더러운 스니커즈에서 야구 모자까지. 페디큐어를 바른 발톱에서 포니테일까지.

수업이 끝나고 우리는 투팍을 커다랗게 틀고 또 제이지, 스눕독과 아웃캐스트를 빵빵 틀며 학교 건물에서 멀어져 왑과 캐비지 패치 같은 올드스쿨 춤을 추기 시작한다. 몸을 물처럼 움직이는 맬컴의 보깅*에 환호한다. 지하철에서도 시끄럽게 웃고 욕을 하며 사람들이 다른 칸으로 옮겨가는 걸 본다. 저들이 우리 '흑인 그룹'을 무서워하든 말든 개의치 않는 척 행동한다.

그러나 9월 그날의 아침, 흑인 아침식사 테이블에서 강의실의 TV 앞으로 달려간다. 우리는 우리가 아직 모르는 게 얼마나 많은지를 설명하는 뉴스캐스터의 말을 들으며 엉엉 우는 한 명의 아이처럼 다 같이 엉겨붙는다.

---

* 1970년대 유행한 춤으로, 패션잡지 〈보그〉 모델들의 부자연스러운 포즈에 영감을 받아 만들어졌다.

"씨발." 우리는 큰 소리로 외친다.

"우리가 폭격당하고 있어."

"하느님 씨발 맙소사."

우리는 말한다. "우리 아빠가 저 건물에 있어." 우리 엄마. 우리 언니. 우리 오빠. 우리 삼촌. 우리 이모. 우리 할머니. 우리 할 아버지. 내 친구. 우리 아빠. 우리 아빠. 우리 아빠. 우리 아빠. 우리 아빠. 우리 아빠. 우리 아빠. 우리 아빠. 우리 아빠. 우리 아빠. 우리 아빠. 우리 아빠. 우리 아빠. 우리 아빠. 우리 아빠. 우리 아 빠. 우리 아빠. 우리 아빠.

우리 아빠.

11
오브리

　처음 계획은 자동차 여행이었다. 가족이 다 함께 포보이의 볼보를 타고 오하이오까지 여덟 시간을 운전해서 가려고 했다. 그러나 오브리는 운전을 하지 않았고 포보이는 세 살짜리가 자동차에서 그렇게 긴 시간을 보내는 게 좋은 생각이 아니라고 했다.

　오브리는 시먼스 씨에게 자기도 같은 생각이라고 말하면서 아이리스를 보지 않으려 애썼다. 계획을 세우는 내내 되도록 보지 않으려고 애썼다. 아이리스에게 품은 감정은 마치 그의 눈앞에서 아가리를 쩍 벌린 구덩이 같았다. 왜 그를 떠나는지 알고 싶었다. 그들이 대단한 것을 만들었는데. 아니, 대단한 사람을 만들었는데. 둘이서 함께. 그렇다, 대단한 것도 만들었다. 가족. 이

집의 모든 층을 채우고 모든 방으로 퍼지고 복도에서 메아리치고 계단 위아래로 고함을 치던 가족. 욕조에서 일어나면서 목욕물을 마루에 흩뿌리던 가족. 멜로디의 입과 엉덩이를 닦아주고 높다란 아기 의자 주위에 떨어진 빵 부스러기를 쓸어주던 가족. 7번가의 하겐다즈 매장까지 걸어가 아이스크림콘을 사서 집 앞 계단에 앉아 먹던 가족. 두 사람은 함께 에디 머피 영화를 보고 웃었고 이제는 너무 뜸해졌지만, 아이리스가 섹스를 허락해주는 흔치 않은 일이 있으면, 그들의 몸이 땅에 찰싹 달라붙는 기분이었다. 아이리스에게 키스할 때면 그녀가 자기를 통째로 집어삼켜주길 바랐고, 그녀의 몸안 끝까지 들어가기를 원했다. 그의 사랑은 그렇게 깊었다. 그리고 가족은 그들 셋이었다가 포보이와 세이비도 가족이 되었다. 몇 년 동안 그들을 지켜보며 그들이 좋은 사람, 하느님의 사람이라는 걸 알게 된 성당 사람들은 이제 공원에 소풍을 가거나 자유의 여신상, 차이나타운, 그레이트어드벤처*로 버스를 대절해 놀러갈 때면 그들을 불러주었다.

왜 오벌린이냐고, 그는 거듭 물었다. 왜 그렇게 멀리 가느냐고. 왜 그들을 두고 떠나려는 거냐고. 포보이가 던지기를 거부한

---

* 뉴저지주 잭슨에 있는 놀이공원.

질문, 아이리스의 어머니를 우울하고 침묵하게 만드는 질문을 던졌다.

"내가 이럴 줄 우리 둘 다 알고 있었잖아, 오브리."

그는 아이리스가 말하지 않는 사실을 알았다. 그와 멜로디가 있으니 집이 비좁게 느껴진다는 것. 틀렸다. 그녀는 그와 함께 살고 싶지 않다는 것. 누구의 아기도 키우고 싶지 않다는 것. 임신은 그렇다 해도 엄마 노릇은 또다른 이야기였다.

입학을 허가해준 학교들의 기나긴 목록이 그녀의 탈출 경로였다는 걸 알았다. 오벌린은 그중에서도 가장 멀었다.

"그러면 나는 사 년 동안 뭘 해?" 어느 날 밤 그는 마침내 물었다. "그냥 너만 기다리고 있어?"

그녀는 그의 품에 꼭 안겨들면서 속삭였다. "사랑해, 오브리." 그러자 그의 몸이 긴장을 푸는 동시에 단단해지는 느낌이 들었다. 그녀는 이제 그가 가진 모든 것이었고 그녀도 그 사실을 알았다. 그건 이상한 권력이었다. "나를 위해서 높이 뛰어봐, 오브리." 그러면 그는 뛰었다. 뛰고 나서야 묻곤 했다. "왜?"

그들은 성장했다. 멜로디가 태어나고 나서. 그의 어머니가 세상을 떠나고 나서. 아이리스의 부모가 그를 집에 들이고 나서, 그들은 빠르게 성장했다. 오브리는 열여섯 살에 면도를 했다. 열일곱 살까지 키가 15센티미터 더 자랐다. 로펌의 우편실에서 시간제 일자리를 얻었고 졸업 무렵에는 정직원으로 채용되었다.

그가 여기서 행복을 찾는다는 사실을 아이리스가 싫어한다는 걸 알았다. 로펌 우편실의 일자리, 부모님 집 꼭대기 층의 방, 그가 일어나 달래줄 때까지 우는 아기. 그가 그런 일을 할 수 있는 사람이라는 사실. 어떻게 이걸로 충분한지 아이리스는 이해하지 못한다는 걸 알았다.

결국 그녀는 날아갔다. 홀로, 가족 모두가 공항에서 손을 흔들며 작별인사를 할 때. 멜로디는 오브리의 품에 안겨 아이리스가 곧 돌아오는지 물었다. 감정이 실리지 않은 말투로. 물 한 잔 달라고 부탁하는 것처럼. 어느 쪽이든 아무래도 상관없다는 듯이. 그러더니 곧이어, 머리를 아빠의 어깨에 푹 파묻고 세상이 무너지는 것처럼 서럽게 울었다.

1학년 때 그의 어머니 꿈을 꿨다면서 아이리스가 전화를 건 날이 있었다. 불이 나오는 꿈이었고 비명을 지르며 깼다고 했다. 늦은 밤, 오브리가 멜로디를 재우고 나서도 한참 지난 시각이었다.

"너무 빨랐어, 오브리." 그녀는 말했다. "웅장했던grandiose 미래의 꿈이 그렇게, 그렇게 빨리······ 한순간에 꺼져버릴 수 있는 거였어."

웅장하다는 말이 무슨 뜻인지 몰랐지만, 어머니가 예전에 하라고 했던 대로 머릿속으로 의미를 잘게 쪼개 가늠해보려 애썼다. 디오스Dios─신을 뜻하는 스페인어. 그랜드Grand─어마어마하게 크다. 그러자 이상하고 새로운 종류의 의미가 되었다.

"엄마가 그리워." 그가 말했다. "네가 그리워."

수화기 저편의 아이리스가 나직하게 우는 소리가 들렸다.

"알아." 그녀는 말했다. "네가 그리워한다는 거 알아."

그는 어깨와 턱으로 전화기를 고정해 귀에 꼭 붙였다. 더 가까이, 그녀가 그의 곁에 있기를 원했다. 그녀의 눈물에도 불구하고 그녀의 목소리에서는 거리감이 느껴졌다. 우리 관계가 이 이상이었던 적이 있던가? 기억이 나지 않았다.

"날마다 젊음을 하나씩 잊어가는 느낌이 들어." 아이리스가 말하고 있었다. "지난번에는 묵주기도를 하려 했어. 그다지 좋아하는 것도 아니니 그저 읊기만 하려고 했지. 옛날에는 날이면 날마다 읊던 거잖아. 그런데 '은총이 가득하신 마리아님, 기뻐하소서' 다음은 하나도 기억이 안 나는 거야. 심지어 그 영성체 빵의 분필 같은 맛도 말이야. 내 혀에 닿은 맛이 기억이 안 나는 거 있지."

그는 아이리스의 혀를 생각했다. 입안에서 얼마나 부드럽고 매끄러웠는지. 몸이 단단해지는 느낌이 들어 그녀에게 말했다. 가끔 그녀는 전화로 그를 위해 이런저런 말들을 해주었다. 가끔은 바로 옆에 있는 것처럼, 그에게 어떤 짓을 어떻게 하려는지 말해주기도 했다.

"전부 다." 그녀가 말했다. 아마 그가 한 말을 못 들었던 모양이다. 그녀의 목소리는 이제 더 가볍고, 더 멀어졌다. 그는 혹시 그녀가 약을 했을까 궁금해졌다. 성당에서 설핏 피어오르는 향냄새. 피 흘리는 심장을 우리에게 보여주려고 가운을 뒤로 젖힌 그리스도. 이사야서 54장 7절 말씀처럼, '내가 잠깐 너를 내버려두었었지.' 어떻게 기억나는 게 그 성경 말씀일 수가 있지?

"이제 내가 어떤 인간이 되었는지 너는 알잖아, 오브리."

어떤 인간? 그는 전화기를 화장실로 끌고 들어왔지만 이제 아무 일도 일어나지 않으리라는 걸 알아서 세면대에 기대어 기다렸다. 이렇게 끝나는 걸까 궁금했다. 이런 식으로 사람들은 제 갈 길을 가게 되는 걸까.

"나는 타락한 천주교인이야. 그래서 캐시마리가 내게 불길을 보여줬나봐." 그녀는 킬킬 웃었고 비로소 오브리는 그녀가 약에 취했다고 확신했다. 그러나 물어보지는 않았다. 거기서 그녀가, 그가 모르는 어떤 놈과 대마초를 피우고 있다는 생각만도 감당하기 벅찼다. 자정에 가까운 시각이었다. 그 남자가 아직 거기 있을지 궁금했다. 그녀 옆에 서서, 손으로 등을 문질러주면서.

그녀는 조용해졌다. 그러더니 아직 거기 있느냐고 물었다.

"그래." 오브리는 말했다. "여기 있어. 나 아직 여기 있어."

그러나 그는 가버린 것은 그녀라는 걸 알았다. 아이리스. 그의 처음. 그의 아이리스는 이미 그를 떠나버렸다.

12
아이리스

인생을 두 번 살아도 출산은 한 번으로 충분했다. 아기의 머리는 그녀를 반으로 찢어버릴 듯했고 그것만으로는 모자랐는지 곧이어 어깨가, 오브리처럼 넓고 단단한 어깨가 나왔다. 더 나쁜 건 아무도 그녀의 비명을 믿어주지 않았다는 사실이다. 의사는 같은 말만 반복했다, "지금 느끼는 건 압력일 뿐입니다. 경막외마취를 했으니 통증은 크지 않을 거예요." 아이리스는 의사에게 욕을 퍼붓고 그 몸뚱어리를 그의 몸에 쑤셔넣어 출산의 뜨거운 불길을 느끼게 해주고 싶었다. 이 거지발싸개 같은 체험을. 누군가의 팀버랜드 부츠가 등짝을 무자비하게 밟고 지나가는 사이 다른 모든 신체 부위가 불타고 또 불타는 것 같은 이 통증을. 수녀들이 경고했던 지옥이 이것일 수도 있겠다. 아이리스는 의사에게 늙어빠진 똥구멍으로 애를 낳아본 적도 없으면서 어떻게 아느냐고 따지고 싶었다. 그러나 어머니가 곁에 있었다. 강인해야 한다고, 네가 선택한 일이라고, 곧 끝날 거라고 말해주고 있었다. 얼음 조각으로 그녀의 입술을 문질러주면서 이렇게 말하고 있었다. "사랑해, 아가야. 너는 할 수 있어. 너는 내 용감한 딸이야, 아이리스. 용감하고 용감한 내 딸이야." 그녀는 마흔 살에 아이리스를 낳았다. 벤저민은 얼마 살지 못하고 세상을 떠났다. 아이리스는 이 아기도 살아남지 못하는 건 아닐까 하는 어머니의 두려움을 느낄 수 있었다. 시카고에서 자란 어머니는 숨결 없이 태어나는 아이들을 보아 알고 있었다. 철썩철썩 엉덩이를 때리고 이물질을 빨아내고 비상 코드를 외치는 의사들을 알고 있었다. 십대인 엄마들이 아기를 잃고 가끔은 제 목숨마저 잃는 이야기들을 삼촌한테 들어 알고 있었다. 그녀의 손안에 잡힌 어머니의 손이 떨고 있었다.

"세상에, 정말 예쁜 아기군요." 의사가 말했다. 그렇게 멜로디가 여기 이 세상에 나왔다. 빨갛고 주름이 쪼글쪼글한 채 울면서.

"나한테 줘요. 내 아기예요." 간호사들이 재빨리 아기의 몸에 묻은 점액과 피를 닦아내고 자그마하고 따뜻한 몸을 아이리스의 가슴에 얹어주었을 때, 아기의 눈이 밝은 빛에 부신 듯 가늘게 떴다 감겼다. 아니 어쩌면 혼란에 빠진 아이리스의 시선을 받아 그랬을지도 모른다. 아이리스는 화들짝 소스라치며 무언가를 느꼈다. 그들 둘 사이에 흐르는, 전기처럼 짜릿하고 무서운 무언가를.

"씨발." 아이리스가 중얼거렸다. "씨발." 나이를 몇 살 더 먹었더라면 좀더 큰 질문을 던질 수 있었을 것이다. "씨발 내가 무슨 짓을 한 거야?"

그후로 며칠 동안 간호사들이 왔다갔다하며 아기를 데리고 나갔다가 반짝이는 검은 머리를 한쪽으로 잘 빗어서 데려다주는 사이, 아이리스는 병실 창밖을 물끄러미 응시하며 아직 살아보지 못한 삶의 거대함을 보았다. 아기의 눈에는 모든 게 담겨 있었다. 그녀의 눈처럼 아몬드 모양이었지만, 불과 몇 분 눈을 뜨고 있는 사이에 살펴보면 아기의 눈은 이미 깊은 갈색에 초록색이 묘하게 점점이 얼룩져 있었다. 그 눈은 지나치게 아름다웠다. 지나치게 굶주려 있었다. 젖을 먹일 때 그 눈이 파닥거리며 아이리스의 눈을 올려다보면, 마주 쳐다보지 않기가 어려웠다.

그녀는 추락하는 기분이었다.

날마다 쓰리고 부푼 그녀의 몸이 그녀의 눈을 감기는 혹독한 바람에 맞서 버텼다. 밤이면 불편한 꿈자리를 들락날락했고, 어둠 속에서 땀범벅으로 공기가 부족한 듯 헐떡이며 깨어나곤 했다. 공기는 다 어디로 간 걸까?

새벽에 깨어보니 아기가 아직 거기 있었다. 강보에 싸인 채로. 눈을 깜박이며.

갑자기 모든 것에 역겨운 항구성이 새로이 깃들었다. 새벽마다 모유가 새는 젖꼭지를 울고 있는 아기의 일그러진 입에 물리려 애쓸 때면 오브리가 눈을 동그랗게 뜨고 내가 뭘 해주면 좋을까, 하는 얼굴로 나타났다. 간호사의 손길이 이전 누구보다 유려한 솜씨로 그녀의 가슴을 주무르며 멜로디의 입술을 벌리는 법을 보여줄 때도 짙은 유즙이 아직 부풀어 있는 배와 환자복 위로 뚝뚝 떨어졌다. 불쾌한 망사로 된 환자용 속옷과 초대형 생리대도 조악하고 영영 끝나지 않을 듯 느껴졌다. 어쩌면 영원히 피를 흘릴지도 모른다. 항상 이렇게 쓰리고 아플지 모른다. 남은 생내내 그녀를 필요로 하고 필요로 하고 필요로 하는 사람이 붙어 있을지 모른다.

사흘 후, 다정하게 아기를 카시트에 앉힌 오브리는 아기 옆 뒷 좌석에 타서 안절부절못하며 아기를 살폈고, 아이리스는 아직 쓰린 몸을 느릿느릿 움직이며 그녀의 아버지 옆 조수석에 탔다. 돌처럼 무표정한 얼굴로, 계획을 세우면서.

"너 괜찮니?" 아버지가 그녀를 흘끗 살피며 말했다.

"네. 좋아요."

"네가 예쁜 아기를 만들었어, 알지."

"고마워요."

그는 천천히 차를 몰았고, 브루클린의 거리가 곁으로 살금살 금 다가왔다 스쳐지나갔다. 아기는 잠을 자고 또 잤다.

여러 주가 느리게 흘렀다. 낮에서 밤이 되었다가 다시 낮이 되 었고, 아기가 끊임없이 이어지는 줄을 통해 그녀의 젖에서 절대 적인 생명을 빨아들이는 동안, 아이리스는 고등학교 입학 전부터 어머니가 사 모으기 시작한 대학 입시 책들을 훑어보며 집에 앉아 있었다. 한 팔로 아기를 끌어안고 부모의 컴퓨터 앞에 앉아 다른 손으로 지원서 초고를 썼다. 오리건, 캘리포니아, 오하이오, 그리고 워싱턴. 오른손 밑에서 달각거리는 자판 소리. 아득한 약속 같은 머나먼 주들.

밤이면 또다시 젖이 차오르며 아파왔고 유즙이 흘러 티셔츠가 얼룩졌지만, 그녀는 멜로디의 울음소리에 귀를 막고 침대에 누워 삼각함수와 화학을 공부했다.

오브리가 가슴팍에 아기를 안고 잘 때, 그녀는 셰익스피어와 브론테 자매와 오든을 읽었다.

그 욕망은 이제까지 그녀가 알던 그 무엇과도 달랐다. 어렸을 때부터 언젠가 대학에 가리라는 사실을 의심해본 적은 없었다. 언제나 존재하던 열망에 캐시마리가 불을 지피긴 했지만 멜로디 출산, 그 출산의 고통, 아기가 세상으로 밀고 나오는 그 맹렬한 기세가 이제 아이리스의 DNA를 아예 바꾸어놓은 것 같았다. 그러나 그런 것이 아니었다. 침침한 독서등 불빛에 눈이 충혈된 채, 아이리스는 자신을 밀어 앞으로 나아가게 하는 힘이 그녀의 어머니와 어머니의 어머니와 또 끊어질 수 없는 무언가로 이어져 있는 것을 알았다. 그녀 삶의 이야기는 이미 쓰여 있었다. 아기가 있건 없건.

그녀는 10학년의 마지막 몇 달과 이어지는 여름학기를 통째로 놓쳤다. 친구들과 어울리고 대마초를 피우고 핼시파크에서 디제이의 음악에 맞춰 춤추는 경험을 놓쳤다. 아워레이디오브세인트마틴 여학교에서 퇴학당하기 전에는, 대수 수업시간에 자기도 모르게 잠이 들었다가 선생님이 이름을 부르면 그제야 놀라 깨곤 했다.

캐시마리가 아니었다면 여름학기를 다녀야 했을지 모른다. 아워레이디오브세인트마틴은 엿이나 먹어라. 여름학기도 엿이나 먹으라지. 몹시 굶주린 그녀의 두뇌가 활활 불타올랐다. 공립고등학교는 두 블록 거리밖에 되지 않았다. 그곳에 갈 것이다. 공립고등학교를 완전히 박살내줄 것이다. 이곳을 떠날 것이다.

그녀는 이미 떠난 것이나 다름없었다.

13
오브리

어머니가 처음 넘어졌을 때, 오브리는 알았다.

그들은 해변을 걸으며 여러 해를 보냈다. 해변을 따라 펼쳐진 모래사장은 푹푹 꺼지고 변덕스러운 구릉으로 이루어져 있었고, 개들이 파놓은 깊은 구멍과 농게, 투구게가 파놓은 얕은 구멍들이 곳곳에 남아 있었다. 그녀의 창백하고 파란 핏줄이 불거진 발은 안정감이 있었다. 그녀의 발톱은 보라색, 밝은 빨간색으로 칠해져 있었다. 그의 기억에 한번은 글리터가 들어간 황금색으로 칠해져 있기도 했다. 아니, 그녀는 발을 단단하게 디뎠다, 그의 어머니는 그랬다. 오브리가 발을 헛디디자 그의 두뇌에서 뭔가 오류가 났다는 듯 이상한 눈길로 바라보았다. 어떻게 그녀한테서 나온 아이가 이렇게 나동그라질 수가 있느냐는 듯. "일어나, 오브리. 그리고 발밑을 잘 봐!" 그러나 그녀는 발밑을 아예 볼 필요도 없었다. 그녀의 발은 모래를 단단하고 확고하고 흔들림 없이 밟았다. 그녀가 다시 또다시 모래 위에 아름다운 발자국을 남기면 오브리는 그 발자국을 따라 밟았고, 그의 작은 발은 그녀가 창조한 공간에 푹푹 빠졌다.

그래서 코니아일랜드의 해변 산책로를 걷다가 그녀가 처음 넘어졌을 때, 오브리는 알았다. 얼굴을 세차게 박아 나무 널이 박살났고, 고개를 들자 얼굴이 금세 부어올랐다. 그럼에도 어머니는 이내 이렇게 말했다. "난 괜찮아, 아무렇지 않아. 괜히 소란 떨지 마."

그녀의 손이 낙상을 막으려다 긁혀 피를 흘리고 있었다. 바지 무릎께가 찢어져 있었다. 사람들 몇 명이 모여들었지만 그녀는 일어나 그들을 보내려 했다. 수치심은 고통만큼 뚜렷했다.

봄의 초입이었다. 해변을 걷고 있었다면 낙상이 그렇게 심하지 않았으리라. 아니, 어쩌면 아예 넘어지지도 않았을지 모른다.

"나는 괜찮아." 어머니는 말했다. "그냥 내 옆에서 천천히 걸어줘, 오브리. 저 물까지 나를 데려다줘."

14
멜로디

어렸을 때 일어난 일은 기억하지 못한다고, 여섯 살이 되면 갑자기 첫 기억이 생긴다고들 한다. 그러나 그건 사실이 아니다. 나는 다섯 살과 네 살과 세 살로 돌아갈 수 있다. 열세 살과 열 살과 여섯 살로 돌아갈 수 있다. 오늘 아침의 내 기억은 세 살 때다. 세 살, 그때 아이리스는 열아홉 살이었다. 그녀는 짐을 싸고 있었고 나는 아빠의 무릎에 앉아 지켜보고 있었다. 방안은 덥고 텁텁했다. 우리 말고 다른 사람이 또 있거나, 아니면 뭔가 묵직한 게 짓누르는 것처럼. 아빠의 가슴에 등을 기대자 쿵쿵 뛰는 심장이 느껴졌다. 잠을 자며 들었던 느릿한 박동이 아니었다. 이번엔 빠르고 거셌다. 무서우리만큼 가슴을 쿵쾅쿵쾅 때리고 있어서 나는 기대었던 머리를 들어야 했다. 아이리스는 짐을 꾸리며 콧

노래를 불렀다. 간간이 우리에게 다가와서 우리 둘의 뺨에 입을 맞춰주었다. 그녀가 그렇게 행복해 보이는 모습은 처음이었다.

그때 기억으로 다시 들어가 거기서 그들을 본다는 게 얼마나 이상한지. 훨씬 더 젊은 엄마와 아빠, 더 마른 우리 아빠, 더 행복한 우리 엄마. 우리를 둘러싼 벽들은 깊은 회색빛이 도는 연두색으로 칠해져 있었고 천장은 흰색이었다. 내가 열 살이 되었을 무렵 그 방은 그런 모습이 아니었다. 그 방은 아이리스가 가끔 와서 자는 손님방이 되었다. 풀사이즈 침대와 두 층짜리 서랍장 그리고 헤드보드에 클립 조명이 하나 꽂혀 있는, 껍데기만 남은 휑한 방이었다. 내가 일요일마다 먼지를 털고 계절이 바뀔 때마다 유리창을 닦아야 했던 방. 그러나 그날은 그 방이 꽉 차고 북적거리는 느낌이었다. 엄마의 여행가방들과 책이 든 상자들, 이불과 베개가 방을 그득그득 채웠다. 아빠와 나는 침대 끝에 걸터앉아 도와줄 일이 있느냐고 물었다. 나는 엄마에게 양말과 브래지어와 티셔츠를 건네주었다. 그때 내가 무슨 일이 벌어지고 있는지 이해하고 있었던 것 같지는 않다.

"어디 우리 가, 아이리스?" 나는 묻고 또 물었다. "어디 우리 가는 거야?"

"우리 어디 가요, 라고 해야지, 멜로디. 엄마가 학위를 따러 대학에 가는 거야."

세 살 때 나는 대학이라는 단어를 이해하지 못했다. 학위도 이해할 수 없었다. 사 년이 걸린다는 것. 그 사 년이 곧 영원으로 변하리라는 것도.

"우리. 어디. 가요. 아이리스?"

그러고 나면. 그러고 나면. 그러고 나면.

가끔 몸은 기억을 털어낸다. 엄마의 여행가방들이 아래층으로 옮겨지고 그녀의 뒷모습이 문을 나서 사라지는 걸 본다. 아빠의 목과 어깨가 내 얼굴로, 내 눈물 쪽으로, 내 비명 쪽으로 솟아오르는 것도. 아빠의 옆구리가 내 발길질을 받아낸다. 그의 손이 내 손을 꼭 잡는다. 우리 아빠. 꼭 붙잡고 놓지 않는다.

15
오브리

슬립 록의 빨간색 메르세데스 벤츠가 코넬리아 스트리트를 달려올라가다가 니커보커 애비뉴에서 좌회전해 기억 속으로 사라져간 겨울, 오브리는 열다섯 살이었다. 현실세계에서 그런 차를 본 건 처음이었다. "네가 내 몸안에 아기를 넣었어." 머리를 짓누르는 아이리스의 말들을 생각하며 아파트에서 나와 걷다가 슬쩍 옆을 돌아보니 예쁜 연갈색 피부의 친구가 있었다. 예전에 조금 알고 지내던 그 친구는 이제 성공해서 근사한 옷과 멋진 차까지 가지고 있었다. 슬립 록은 불을 붙이지 않은 블런트 시가를 입에 물고 캉골 모자로 손을 치켜들더니 오브리를 향해 고개를 끄덕였다. 겨울 햇빛에 담갈색 눈이 가늘어졌다.

"잘 지냈어, 땅꼬마?"

"안녕, 슬립 록?"

십 년 후, 오브리는 멜로디의 손을 잡고 이름이 기억나지 않는 늙은 갱스터로부터 슬립 록이 살해된 경위를 듣고 있었다. "그 왜 진짜로 열받았을 때 하는 것처럼 뒤통수를 쳤다니까. 그 누런 남자아이를 그렇게 죽였어." 노인이 말하는 동안, 그의 아래쪽 틀니가 빠져 입안에서 원을 그리며 움직였다. 멜로디는 입을 헤벌리고 휘둥그레 뜬 눈으로 뚫어져라 그 모습을 쳐다보았다. 그 늙은 갱은 눈을 껌벅이며 멜로디를 내려다보더니 목소리를 낮추고 그들이 피가 뚝뚝 떨어지는 슬립의 머리를 니커보커파크의 아기 그네에 걸어두고 떠나버렸다는 이야기를 해주었다. 굵다란 금목걸이는 낚아채어 가고 눈은 영원히 부릅뜬 채로 두었다고. "그게 끝이야." 남자는 말하면서 아랫입술을 말아 틀니를 고정했다.

오브리는 그 자리에 선 채 슬립 록의 고갯짓을, 앳된 볼과 면도할 수염도 별로 없던 얼굴을 떠올렸다. 늙은 갱이 다시 멜로디를 보더니 갈색 봉지에 숨긴 술병을 홀짝였다. 멜로디의 눈이 그의 손을, 그의 입술로 가는 병을, 한 모금 마신 후 움찔하는 몸짓을 따라갔다.

"네 딸이냐? 쪼끄맣고 예쁘네. 하느님이 흉측하게 못생긴 아들은 많이 만들어도 못생긴 딸아이를 만드는 건 한 번도 못 봤지. 뭐, 다 자랐을 땐 얘기가 다르지만." 남자는 나직하게 웃었다. 그러더니 또 술을 한 모금 마시고 조용해졌다.

"영원히라니까." 그는 갑자기 그 말이 얼마나 시적으로 들리는지 깨달았다는 듯 다시 말했다. "그 녀석의 눈이 영원히 부릅뜬 채 남았다고."

오브리는 멜로디의 손을 더 힘주어 잡았다. 열다섯 살 때 차를 몰고 지나가는 슬립을 지켜보며 자기도 그 게임에 끼어들어 손쉽게 큰돈을 벌고 아이리스와 아기를 데리고 영원히 이곳을 뜨고 싶다 생각했던 기억을 되살리며.

슬립 록은 진한 파란색 아디다스 트레이닝복을 위아래로 멋들어지게 차려입고 색을 맞춰 파란 캉골 모자를 쓰고 있었다. 패션의 유행으로 보면 이 년쯤 뒤처져 있었지만 그래도 잘 어울렸다. 슬립 록은 이제 막 스포퍼드 소년원에서 나오는 참이었고, 모두가 알 듯 그곳은 시간이 멈춘 장소였으니까.

스피커에서는 드라소울*이 뻥뻥 울려퍼졌고 그것만으로도 동네의 아이들을 죄다 그 차 주위로 불러모으기엔 충분했다. 거울아, 벽에 걸린 거울아, 말해다오, 거울아, 무엇이 잘못됐지? 그러나 오브리는 그 소동에서 멀찌감치 거리를 두고 제자리에 머물렀다. 거기 서 있자니 나이든 느낌이 들었다. 기가 한풀 꺾인 느낌. 바지 호주머니 속에서 주먹을 쥐자 바닥의 실밥이 손에 잡혔다. 그것마저 서글펐다. 현금이 아닌 실밥. 브레이크어웨이 트레이닝 팬츠**가 아니라 힘없는 개버딘***. 양가죽 코트가 아니라 낡은 피코트. "네가 내 몸안에 아기를 넣었어." 그 말이 귓전에 들리고 또 들렸다. 아이리스 몸안에서 자라고 있는 아기가 있었다. 아기. 온 세상이 그의 안에서 거꾸로 뒤집히는 느낌이었다. 크랙****은 사

---

* 미국의 힙합 그룹.
** 양옆에 바느질 대신 스냅단추로 마감하여 바지통을 열 수 있는 트레이닝팬츠.
*** 올이 조밀하게 짜인 능직 옷감. 스포츠웨어에 많이 쓰인다.
**** 코카인의 일종.

람을 죽이고 TV와 시계와 짐들을 가져갔다. 슬립 록이 브루클린을 달리면 모두 그 자동차에 활활 타는 질투심을 느끼면서 손을 흔들었고 코카인이 그 차를 사주었다는 사실을 알았다. 코카인이 그 주머니를 현금으로 채우고 목에 묵직한 금목걸이를 걸어주었다. 코카인이 총을 사주고 그의 어머니 집 위층 아파트에 세를 살게 해주었으며 그곳에 항상 여자 한두 명―〈요! MTV 랩〉 쇼에 나오는 여자들만큼 멋진 미녀들―이 머물게 해주었다. 시저 스타일*로 새로 깎은 머리와 두건, 오브리가 보기에는 캉골 모자 아래 곱슬머리를 돋보이게 하려고 밤마다 쓰는 게 틀림없는 머레이스누나일 포마드 값까지도 코카인이 내주었다. 오브리는 아랫입술을 깨물었다. 슬립의 인사에 고갯짓 한 번만 되돌려주면 그 역시 게임에 참여할 수 있었다.

"너 괜찮냐?" 슬립이 그에게 외쳤다. "별로면 내가 뒤봐줄 수 있는 거 알지?"

오브리는 운동화 속 발걸음이 가벼워지는 것을 느꼈다. 날아올라 슬립 록의 차에 타고 영원히 떠나버릴 수 있을 것 같았다.

---

* 페이드 스타일과 유사하나 앞머리가 짧은 것이 특징이다.

그러나 그는 발로 땅을 꾹 눌렀다. 손을 호주머니 속으로 더 깊이 찔러넣었다. "그럼." 그는 말했다. "난 괜찮아."

동이 튼 직후에 전화기가 시끄럽게 울렸고, 벨소리를 차단하려고 오브리가 베개로 머리를 덮었다. 어머니가 전화를 받으려 허둥지둥 일어나서 수화기를 들고 그에게 외치는 소리가 들렸다. "걔한테 다시는 이렇게 이른 시각에 우리집에 전화하지 말라고 해라. 사람이 죽은 줄 알았잖니!" 수화기를 부엌 바깥까지 끌고나오기엔 선이 너무 짧아서, 오브리는 그 자리에 그냥 섰다. 어머니는 너무 가깝고 주변 공기는 너무 뜨거웠다. "네가 내 몸 안에 아기를 넣었어." 아이리스가 말했다. 점차 숨이 막혔다. 아무데도 공기가 없었다. 다리 구멍에 고무줄을 넣은 해어진 속옷이 그의 몸처럼 축 늘어졌다. "그렇지만 내 생각엔……" 그는 말했다. "난 네가 말한 대로……" 속으로는 비명을 지르고 있었다. 씨발씨발씨발씨발씨발씨발. 속으로는 소리쳐 울고 있었다. 그의 삶이―남은 10학년, 11학년, 12학년, 대학교 농구부―프로케즈 운동화 밑에서 싱크홀이 되는 게 보였다. 공기 없는 방으로 변하는 게 보였다. 어머니는 너무 가까웠고 모든 걸 알고 있었다. "이런 시각에 전화하면서 좋은 소식을 전하는 사람이 어디

있니." 그 자신이 흐릿해져 사라지고 있었다.

십 년이 이렇게 빨리 흘러가버릴 수가 있나?

"저기가 아빠랑 아이리스가 처음 키스한 곳이야?" 멜로디가
물었다. 아직 그는 아이의 손을 잡고 있었다. 퇴물이 된 갱은 가
고 없었다. 그는 남의 집 대문을 부여잡고 몸을 지탱하며 길거리
를 비틀비틀 걸었다. 멜로디는 초록색 코트를 입고 아주 작은 굽
이 달린 하얀 부츠를 신고 있었다. 그는 그 부츠를 누가 사줬는
지 알지 못했다. 어린 딸이 신기에는 너무 노숙했다. 타이츠를
신은 다리를 날씬해 보이게 하고, 무언가를 약속하듯 발을 땅에
서 살짝 들어올리는 방식이 오브리는 마음에 들지 않았다.

"내가 그 얘기를 했었어?"

"공원에서 키스했다고 했는데 여기가 공원이잖아. 키스하기
에 너무 어린 나이는 몇 살이야, 아빠?"

"스물하나. 아니다. 스물둘. 사실 너는 아빠가 이 세상을 떠날
때까지 아빠가 네 엄마한테 키스한 것처럼 키스하면 안 돼."

"아빠!"

그는 아이의 손을 다시 꼭 쥐고 미소를 지었다. 이제 햇살이 그들을 비추고 있었다. 추위를 덜어주는 따뜻하고 환한 햇살. 결단코, 한 번도, 이런 상상은 해보지 않았다. 딸을 데리고 옛날에 살던 동네로 돌아간다는 상상. 옛 동네가 이토록 빠르게 터져나간 머리들과 비틀거리는 늙은이들의 동네가 되어버릴 줄은 몰랐다. 그의 어머니가 세상을 떠날 줄도 몰랐다. 그리고 아이리스……

"아빠는 이 세상을 영영 떠나면 안 돼, 아빠. 그러면 아빠는 나를 떠나는 거잖아. 나는 아빠를 절대 떠나지 않을 거고 아빠도 나를 절대 떠나지 않을 거야. 그게 끝이야."

"요거 말버릇 봐라. 어른들 하는 얘기 엿듣고 따라 하기 있어?"

"내 친구 사샤 있잖아, 아빠? 걔는 그냥 엄마랑만 살아. 아빠가 걔 엄마를 만나야겠다. 그러면 나랑 사샤가 자매가 될 수 있잖아."

오브리는 웃음을 터뜨렸다.

"사샤 엄마는 아빠가 알아."

"그런 식으로 아는 게 아니잖아!"

이제 오브리는 고개를 젖히며 호탕하게 웃었고, 고개를 숙여 딸의 웃음을 내려다보았다. 이렇게 깊고 끝없는 사랑은 상상해 본 적 없었다. 멜로디는 그의 손에 잡혀 있던 제 손을 풀어 그의 허리를 감쌌다. 키가 커지고 있었다. 타이츠를 신었는데도 무릎이 기다란 다리에서 작은 매듭처럼 톡 튀어나왔다. 살집이 더 붙었으면 좋겠다고 오브리는 생각했지만, 소년 시절 그 역시 이렇게 깡말랐었고, 아이리스도, 배가 그렇게 커다랗게 부풀어도 뒤태만 보면 임신한 줄 알아보기 어려웠다.

아이리스.

그녀는 갓 스물다섯이 되었고 뉴욕 어퍼웨스트사이드에 있는 아파트에 살고 있었다. 오벌린에서 알고 지낸 친구 부모 소유의 그 아파트는 그들이 플로리다에서 삶을 보내기 위해 버리고 간

피에아테르였다.

"피에아테르가 대체 뭐야, 아이리스? 지금 무슨 소리를 하고 있는 거야?"

"피에아테르. 여분의 아파트." 그녀는 대체 어떻게 이런 걸 모를 수가 있어 하는 표정으로 그를 보았다. 그의 가슴속에서 수치심이 불길처럼 화르륵 타오르게 만드는 눈길. "자식들이 살게 될 줄 알았다는데, 자식들은 다 각자 집이 있어. 손자들 살 집이 필요할 때를 대비해서 지금 팔고 싶지 않대."

"씨발. 백인의 돈은 장난이 아니구나."

"그래. 장난 아니야."

아파트는 십일층에 있었고 커다란 창문으로 센트럴파크가 내려다보였다. 현실의 삶에서 이곳에 살려면 뒈지게 많은 돈이 필요하다고, 그녀가 말했다. 그는 등뒤로 주먹을 쥐고 창밖을 물끄러미 바라보았다. 백인 여자 한 무리가 야구 모자 뒤로 포니테일을 휘날리며 공원을 달리고 있었다. 그는 창가에서 이 광경을 바라보며, 자신이 아이리스를 잃은 것이 언제인지 새삼스레 궁금해졌다. 정말로 자기 것이었던 때가 있기나 한지 새삼 알고 싶어졌다.

토요일마다 멜로디는 아이리스한테 가서 시간을 보냈다. 가끔, 두 사람 사이가 괜찮으면, 멜로디는 하룻밤을 더 자고 왔지만 대개 일요일 아침 일곱시가 되면 그의 딸은 그의 전화기를 트럼펫처럼 울리게 하며 데리러 와달라고 부탁했다.

오브리는 공원 벤치를 응시하면서, 자기 다리 위에 다리를 걸치고 있던 아이리스를, 그의 입을 찾던 그녀의 혀를 기억하지 않으려 애썼다. 언제나 너무 겁이 나서, 어디서 그렇게 키스하는 법을 배웠느냐고 끝내 묻지 못했다. 누가 처음이었느냐고 묻지 못했다. 어떤 일들은, 알고 싶지 않다고 생각했다.

공원 너머에는 활짝 웃고 있는 슬립 록을 그린 벽화가 있었다. 밝은 피부색에 넓은 코, 금을 씌운 앞니를 번쩍이는 그의 웃음. 벽화 밑에, 아티스트는 그래피티용 스프레이로 거침없이 이렇게 써놓았다. 해가 뜨다: 1975년 4월 18일 / 해가 지다: 1994년 2월 8일.

슬립 록. 그는 떠나버렸다.

오브리는 딸을 내려다보았다. 그녀의 할머니는 아이 머리를 아주 자잘히 구역을 나눠 땋고 곱슬곱슬한 끝이 어깨 바로 밑으로 내려오게 했다. 아이는 실눈을 뜨고 멀리 공원을 바라보고 있었다.

"그 남자 이가 흔들렸어."

오브리는 미소를 지었다. 나뭇가지 사이로 비치는 깊은 오렌지색 햇빛이 그네 위를 움직이는 것을 보니 어쩐지—너무 부드러워서, 너무나도 애무의 손길 같아서—오브리는 목이 왈칵 메었다.

"이 동네는 가난해, 멜로디가 말했다. 우리가 사는 데는 가난하지 않은데."

오브리는 어머니와 함께 살던 아파트를 기억했다. 리놀륨이 벗어진 자리에 부서진 나무 널판과 바퀴벌레가 남긴 시커먼 자국들이 드러나 있던 모습. 그 자국들은 뭐였을까? 똥? 피? 그는 모른다. 어머니의 손에는 굳은살이 박여 있었지만 이유는 알지 못했다. 무슨 시스템과 상관이 있었는데. 위탁가정을 전전하던 시절 이야기를 입 밖에 내지 않던 세월. 그가 어렸을 때 어머니가 절대로 바닥을 박박 닦지 않은 것도 같은 이유였다. 언젠가 그가 바닥 청소를 하겠다고 했을 때—아이리스가 왔다 가고, 그녀의 눈길이 전에는 보지 못한 먼지를 보게 해줬을 때였다—어머니는 자기 자식한테는 절대로 바닥 닦는 일을 시키지 않을 거라고 했다. 맹렬한 위세와 슬픔이 어우러진 그 목소리에, 그는 무서워졌다. 세이비, 포보이와 악수했을 때 그는 놀랐다. 어른의 손은 누구나 거칠고 굳은살이 박인 줄 알았었다. 그런데 이제 딸이 잡은 그의 손이 어머니 손처럼 거칠다. 우편실에서 분류하고 포장하고 개봉하며 보낸 오랜 세월. 상자를 뜯고 바인더를 만들고 서류를 파쇄하기 전에 스테이플러 심을 뽑으며 보낸 세월. 이 모든 일은 먼지로 인한 천식과 굳은살이 박인 손을 흔적으로 남겼다. 멜로디는 그의 어머니 같은 이런 손을 영영 갖지 않기를 바랐다. 어쩌면 그것이 가난하지 않다는 의미일지 모른다. 그들은 가난하지 않았다. 글쎄, 멜로디는 가난하지 않았다. 그는 한

순간에 빈털터리로 남겨질 수 있었다. 아이리스가 그 사실을 입증해 보였다. 그녀는 그 문을 걸어나가 그가 결코 알지 못할 세상 속으로 사라졌다. 이쪽 세상에 그를 남겨둔 채.

"내가 버스를 타고 가면 우리 만날 수 있어. 아기를 데려갈게." 그는 말하고 또 말했었다.

그러나 언제나 이유가 생겼다. 시험. 너무 추워서. 어차피 곧 집에 갈 텐데. 언제나 거리를 두고 핑계를 댔다. 내 삶의 이 부분에 끼어들 생각 하지 마 같은 것. 너는 브루클린에 속한 사람이야도 있었다.

"아빠, 이거 알아?"

"뭔데, 멜로디?"

"여기는 과거에서 온 것 같아. 과거시제로 있는 느낌이야."

"맞네." 오브리가 말했다.

해가 졌다.

16
아이리스

그녀는 다음날 아침까지 그녀 곁에 있었다. 이렇게 환하게 해가 떠 있는 시간까지 머문 적은 없었다. 대개는 황망하게 서두르느라 정신이 없었다. 서로를 향한 욕망이 너무 절실해서, 셔츠는 벗지도 못하고 속옷은 찢어지고 서 있느라 다리에는 쥐가 났다. 그러나 처음으로 둘은 벌거벗고 작은 트윈 침대 이불 아래 들어가 서로 몸을 꼭 맞댄 채 오하이오의 공기에 여전히 남아 있는 시린 기운을 쫓았다. 아이리스는 몸을 일으켜 잼을 내려다보았다. 펼쳐진 머리카락이 베개를 덮고 잼의 눈을 가렸다. 그녀는 손가락으로 잼의 가슴을 훑고 배를 타고 내려가 숱 많은 검은 털 속으로 들어갔다. 잼은 부르르 몸을 떨었지만 잠에서 깨지 않았다. 아이리스는 고개를 숙여 더 가까이 다가가 그녀 머리칼냄새를 들이마셨다. 머리채에서 후끈한 식초 냄새가 났다. 하지만 라 벤더 향도 있었다. 코를 잼의 머리칼에 파묻고 그 냄새가 영원히 자신 곁에 머무르면 좋겠다고 생각했다. 어쩌면 이것이 사랑인 지도 모른다. 온 감각으로 누군가를 원하는 것. 그녀는 자기 베 개에 기대고 앉아 눈을 감았다.

다시 잠에서 깼을 때는 잼의 입이 그녀 가슴을 훑고 젖꼭지를 향해 움직이고 있었다. 아이리스는 소스라치며 일어나 앉았다. 밤에 사랑을 나눌 때는 그 아이의 입을 가슴에서 멀리하고, 대신 입술이나 사타구니로 유도하곤 했다. 잼은 침침한 어둠 속에서 쓴웃음을 지었지만 그래도 순순히 말을 들었다. 그러나 지금, 두 사람은 환한 낮의 햇살 아래 그녀의 가슴을 바라보고 있었다. 유 즙이 배어나와 배로 흐르고 있었다. 아이리스는 손으로 가리려 했지만 잼이 그 손을 치우고 물끄러미 응시했다. 잼의 눈에 너무 나 많은 질문이 솟구치고 있었다.

4월이 다가오고 있었다. 또 한 달이 지나면 기말고사를 끝내 고 집으로 돌아가게 된다. 제이미슨은 뉴올리언스로, 아이리스 는 이 년 만에 처음 브루클린의 집으로. 아마 오브리는 알지도 몰랐다. 수화기 너머 오브리의 목소리에는 절절한 애원이, 그녀를 향한 지독한 굶주림이 담겨 있어 아플 정도였다. 그는 이제 스물한 살이었지만 아직도 너무 여리고 모든 게 너무 새로웠다. 너무나…… 어렸다.

"이게 왜 이러는 거야." 제이미슨이 묻고 있었다. "감염된 거야?"

그들이 사귄 지 육 개월째였다. 두 사람의 관계는 오벌린과 브루클린과 루이지애나의 모든 사람에게 비밀이었다. 말하지 않는다는 건 엄청난 힘이 있다고, 아이리스는 생각했다. 들킬까봐, 이 감정이, 이 끝 모를 갈망이 누군가의 손에 끝장나버릴까봐 너무 겁이 났다.

그러나 다른 문제가 있었다. 제이미슨이 걸을 때면 그녀의 다리가 움직이는 모습과 천천히 사랑에 빠진다는 것. 잼이 청바지 뒷주머니에 손을 넣을 때면 안에서 훅 올라오는 열기. 청바지 자체도 문제였다. 주위 모든 사람이 배꼽 위로 올라오는 앞주름선이 있는 바지를 입을 때 잼 혼자 골반에 걸쳐 입는 통이 좁은 청바지를 입었다. 한번은 강의실을 지나가다가 그 안에서 의자 뒤로 팔을 걸치고 한쪽 입가에 이쑤시개를 툭 튀어나오게 물고 능

글맞게 웃고 있는 잼을 본 적이 있었다. 그후 한 시간 내내 아이리스의 머릿속에는 잼이 누구를 보고 웃고 있었을까, 하는 생각뿐이었다. 그러나 그날 저녁 막상 만났을 때는 물어볼 용기를 잃고 말았다. 그 얘기를 꺼내는 것 자체가 미친 생각 같았다. 그래도 잼을 향한 다른 학생들의 눈길을 보면 아이리스의 속에서 불쑥 무언가 꿈틀거렸다. 제이미슨의 눈길이 그녀 말고 아무에게도 닿지 않기를 바랐다. 제이미슨이 다른 여자애들과 편하게 웃고 있으면, 그녀를 잃고 있다는 기분이 들었다. 침대에 누워 제이미슨의 입술에 다른 사람의 입술이 닿는 상상을 하면 마음을 진정시키기 위해 숨을 느리게 쉬어야 했다. 그녀는 뼈에 붙은 붉은 살점을 느꼈다. 그녀 안의 무언가 덜 익어 피 흘리고 있는 느낌이었다. 잼과의 관계가 지속되길 바랐다. 벌써부터 함께 늙어가는 둘의 모습이 그려졌다. 어둠 속에서 아이리스의 허리를 팔로 휘감는 잼의 모습. 어딘가의 침대에서 몇 날 며칠을 함께 보내는 상상. 어디일지는 알 수 없지만. 그래도 상관없었다. 지금은 괜찮았다. 아직은 괜찮았다. 그녀는 게이도, 레즈비언도, 퀴어도, 다른 무엇도 아니었다. 그녀가 원하는 건 그저 잼 자체일뿐이었다. 그녀의 보드라움, 특유의 웃음. 아이리스의 입술에 담배를 갖다대주고 그녀가 빼는 동안 붙잡아주는 손길. 잼은 아이리스가 연기를 내뿜는 모습을 바라보다가 상체를 숙여 키스를 하곤 했다. 방금 섹스를 하고 아직도 그 생각에 빠져 있다는 듯 잼의 눈은 언제나 살짝 나른하게 감겨 있었다. 그녀가 사랑에 빠졌고 언제까지나 사랑할 잼. 누군가를 향한 이런 벌거벗은, 껍질이 홀딱 벗겨진 듯한 욕망은 너무 새로워서 아플 정도였다. 자칫 쉽사리 부서질 듯한 느낌이었다. 손안에서 잼이 먼지로 변해버릴 것만 같았다. 휙 떠나버릴 것만 같았다.

처음 잼이 그녀에게 키스했을 때는, 며칠 동안 안정이 되지 않았다. 토요일이었고 둘은 잼의 기숙사 밖에서 드럼을 피우면서, 폴로셔츠 차림으로 옹기종기 모여 앉아 대마초를 피우며 보이조지* 노래에 맞춰 고개를 흔드는 백인 여자애들을 보고 있었다. 광대들이 너를 어루만져. 형체들이 네 두려움을 벗겨…… 잼이 고개를 젖힌 채 미소 지었다. 그 휘어진 목선의 어떤 면이 아이리스를 소스라치게 했다. 일찌감치 그들도 대마초를 피우고 온 참이었다. 아이리스의 손가락 사이로 불타는 바퀴벌레 같은 꽁초가 남을 때까지 주거니 받거니 하면서. 대마초가 그리웠다. 오벌린에서는 아무리 한심한 애들이라도 대마초는 하는 분위기였다. 약한 싸구려일 거라고 짐작했지만 그렇지 않았다. 잼의 목을 물

---

* 영국 팝밴드 컬처클럽의 리드 싱어. 중성적인 외모로 유명하다.

끄러미 응시하다 그 목에 닿는 제 입술을 상상해버린 아이리스는 그걸 대마초 탓으로 넘기며 웃었다.

잼이 아이리스의 시선을 눈치채고 말했다. "내 방에 너한테 보여줄 게 있어."

도서관에서 거의 시간을 보내는 메인 출신의 수줍은 여자애와 함께 쓰는 방이었다. 아이리스는 그 여자애를 한 번밖에 못 봤지만 잼의 방에 들어가서 그 아이의 깔끔하게 정리된 침대, 베개와 플리트우드맥* 포스터 액자 사이에 배열된 온갖 파스텔 빛깔 동물 봉제인형들을 보고도 놀라지 않았다.

잼이 사용하는 쪽은 몹시 흐트러진 침대에 아사타 샤쿠르**와 휴이 뉴턴*** 포스터가 보였다. 잘 관리된 푸마 운동화들이 벽을 따라 바닥에 늘어서 있었다. 하얀 바탕에 검정색, 파란 바탕에 금색, 검은 바탕에 빨간색, 신발들이 끝도 없었다. 대열 끝에

---

* 1967년 영국에서 결성된 록밴드.
** 미국의 흑인 인권 운동가. 급진적인 흑인 인권 운동단체인 블랙팬서에 몸담기도 했다. 과격하고 반체제적인 활동으로 유명했다.
*** 미국의 흑인 인권 운동가(1942~1989). 1965년 블랙팬서를 창시했다.

는 팀버랜드 부츠가 한 켤레 놓여 있었다. 그 많은 운동화를 두고 잼은 대체로 팀버랜드만 신었는데, 그 섹시함은 놀라울 정도였다.

초현실적인 느낌에 아이리스는 키득키득 웃었다.

"너 아직도 취했니?" 잼이 그녀를 주시하며 문을 꼭 닫았다. 작은 방안에서 두 사람은 서로 닿을 정도로 가까이 서 있었고, 아이리스가 거짓말로 아니라고 하기도 전에 이미 잼은 그녀에게 키스하고 있었다. 아이리스의 입술을 자기 입술로 세게 누르며, 고집스럽고 달콤한 혀를 쓰면서. 그들은 비틀거리며 벽에 기대 계속 키스했다.

내가 여자하고 키스하고 있어. 아이리스는 계속 그 생각을 했다. 내가 제이미슨과 키스하고 있어!

제이미슨의 손이 몸 이곳저곳을 어루만지는 건 그대로 두었지만, 가슴에 닿자 두 손을 움켜잡았다. 벌써 브래지어로 스미는 유즙이 느껴졌다.

"젖이야." 지금 그녀는 물끄러미 바라보는 잼에게 속삭였다. 아이리스는 이불을 끌어당겨 가슴을 덮었지만, 이불 밑으로 젖이 흘러 이불에 스미는 느낌이 들었다. 갑자기 더럭 겁이 났다. 잼을 바라볼 수가 없었다. 그래서 잼의 머리 너머, 창밖을 바라보았다.

거의 삼 년간 멜로디에게 젖을 먹였다. 그래야 해서가 아니었다. 첫해만 지내면 아기가 모유에서 필요한 영양분은 다 얻게 된다는 건 알았다. 아니, 처음에는 갓난아기를, 다음에는 기어다니는 아기를, 마침내는 걸음마를 뗀 아이를 가슴으로 끌어당겼던 이유는 젖이 계속 나왔고 멜로디가 계속 원했기 때문이었다. 원래는 아기와 전류처럼 짜릿한 유대감을 느껴야 한다는데 느껴지지 않아서 계속 젖을 먹였다. 그래서 그녀가 가진 것, 그녀의 몸을 아기에게 내주었다. 그녀가 아기의 눈을 내려다보고, 교과서 페이지를 들여다보고, 멜로디가 그녀 무릎 위에 누워 있고 그녀는 그저 창밖을 응시하는 동안, 아이는 이 신체부위를 빨고 빨고 또 빨았다.

"언제 다시 내 차례가 오는 거야?" 오브리는 그들을 보며 놀렸다. 그러면 아이리스는 미소만 지었다. 다시는 안 와. 지금은 안 돼. 이제는 안 돼라고 말하는 대신에 웃기만 했다.

한번은 드디어 수유를 마쳤다고 생각했다. 젖은 마를 테고 가슴은 평범한 크기로 줄어들 테고 그러면 그녀도 자기 삶을 살 수 있을 거라고 생각했다. 그러나 잼이 처음 키스했을 때 그녀는 셔츠가 축축하게 젖는 느낌을 받았고, 내려다보니 익숙한 짙은 반점이 보였다. 그래서 결국 책으로 가슴을 가리고 캠퍼스를 가로질러 걸어야 했다. 열두 살 때, 처음 가슴이 커지기 시작하자 철없는 남자애들 한 무리가 집까지 따라오며 "어이, 젖꼭지, 뭐가 자라고 있는지 구경 좀 시켜주지 그래" 하고 외쳤던 그때처럼.

"멜로디." 아이리스는 멜로디의 사진들이 한쪽에 쭉 꽂혀 있는 거울을 턱으로 가리키며 말했다. "내 딸이야, 동생이 아니라."

제이미슨은 한참 그녀를 물끄러미 바라보다 거울 쪽을 보며 무겁게 기대앉았다. 벽에 부드럽게 머리를 부딪치며.

"그러니까 거짓말을 한 거구나." 한참이 흐른 뒤에 제이미슨이 말했다.

상대가 오브리였다면 그녀는 애매하게 아무 말이나 주워섬기고 어떻게든 말로 빠져나갈 궁리를 했을 것이다. 그가 질문을 하면 꼬투리를 잡아 그가 항상 알고 있던 사실마저 의심하게 만들었을 것이다. 그러나 상대는 오브리가 아니었다. 잼은 너무 달랐다. 너무나 심오하게 정곡을 찔렀고 확고한 자신감이 있었다. 잼은 무신론자 대학교수들의 외동딸이었다. 오드리 로드와 제임스 볼드윈과 넬라 라슨을 읽었다. 퀴어 정체성을 표방하고 젖꼭지에 피어싱을 하고 질문 공세를 퍼부어 백인 교수들을 꼼짝 못하게 만들었다. 잼의 정신은 달콤하고 날카로웠으며 어떤 질문에 대한 답도 준비되어 있었다. 잼과 함께 침대에 앉아서, 아이리스는 애초에 거짓말을 할 필요가 있었던 걸까 생각했다. "이 세상 따위 엿 먹으라고 해. 내가 바로 여자요." 잼은 한 번 이상 그런 말을 했다. 소저너 트루스*에 대해 아이리스가 알게 된 건 몇달 전이었다. 그전까지는 "내가 바로 여자요"라는 문장을 잼이지어낸 것인 줄 알았다. 그들의 비밀 연애도 잼은 세상에 알리고 싶어했다. 이 학교 따위 엿 먹으라지, 우리가 뭘 하는지를 누가 알든 난 상관없어. 숨기고, 조용히 사귀길 원했던 쪽은 아이리스

* 미국의 노예제폐지론자이자 여성인권운동가(1797~1883). 벨 훅스의 저서 제목 '내가 바로 여자요'를 인용한 연설로 유명하다.

였다. 그녀는 둘만의 비밀로 남겨두고 싶어했다.

그런데 이제, 잼에게로 고개를 돌리며, 아이리스는 자기가 여행가방에 거짓말을 잔뜩 싸들고 오벌린으로 왔다는 걸 깨달았다. 흐르는 젖은 그중 하나에 불과했다. 집에 두고 온 남자. 쫓겨난 학교. 남겨두고 온 아기. 그녀를 때리며 울던 어머니……

"그랬어." 아이리스는 말했다. "내가 거짓말을 했어. 열다섯 살 때 아기를 가졌어. 그게 저 아이야." 그녀는 거울을 가리켰다. 한 살, 두 살, 세 살, 네 살, 다섯 살의 멜로디. 매년 조금씩 더 아이리스를 닮아가고 있었다. 눈, 입술, 코, 미소.

"그런데 여기서 나하고 자고 있어?" 제이미슨이 팔꿈치를 괴며 몸을 일으켰다. "이해가 안 되는데." 아이리스는 복도에서 학생들이 부산하게 움직이는 소리를 들었다.

"너를 좋아해." 아이리스는 말했다. 아직도 제이미슨을 바라볼 수가 없었다. 손을 내려다보니 이불과 담요를 너무 세게 뭉쳐쥐는 바람에 손등뼈가 붉은빛이 도는 갈색으로 변해 있었다.

너무 두려워서 하지 못한 말은 사랑해, 너와 함께 있고 싶어였다. 거의 이 년 내내 오벌린의 다른 학생들보다 훨씬 더 나이든 느낌에 시달렸다. 그러나 제이미슨과 함께 있으면 갑자기 아이로 돌아간 느낌이었다. 말 못하고 버둥거리는.

"젠장, 아이리스." 잼이 말했다. "너한테 아기가 있다는 거잖아. 남자도 있어?" 그녀는 이제 일어나서 침대 가장자리에 걸터앉아 어깨 너머로 아이리스를 돌아보고 있었다. "아무리 생각해도 열다섯 살에 무슨 인공수정 같은 걸 하려던 건 아니었을 텐데."

"아기 아빠는 우리 부모님 집에 살아."

"그러니까 너랑 같이 산다는 말이구나."

"나는 여기 살아." 아이리스가 말했다.

"그렇지만 그 집으로 돌아가잖아." 제이미슨은 하얀 사각팬티를 주워 입고 그 위에 청바지를 입었다. 지퍼를 잠그고 나서 다시 침대에 걸터앉았다. 여전히 셔츠는 입지 않은 채였다. 아이리스는 손을 뻗어 그녀의 등을 만지고 싶었다. 짙은 갈색의 등은 넓고 아름다웠다. 얼마나 많은 여자가 저 등을 만지고, 깨물고, 얼굴을 갖다댔을까? 그녀는 알고 싶지 않았다.

젖은 이제 그쳤다. 이불은 빨아야 할 것이다. 자기 몸에서 나온 젖을 딱 한 번 맛본 적이 있는데, 달콤한 맛에 놀라 손가락에 조금 묻혀 오브리에게 맛보라고 줬었다.

"입을 대고 맛봐도 돼?" 그는 물었다.

"안 돼."

지금 잼에게 이 말을 해주고 싶었다. 멜로디가 태어나고 나서는 오브리와 잔 게 아마 여남은 번밖에 되지 않을 거라고. 그를 사랑하지 않는다고. 게이나 레즈비언이나 퀴어, 다이크* 같은 말을 쓸 필요가 없다면 함께할 수도 있을 거라고. 공개적으로 밝히지 않는다면 잘해볼 수도 있을 것 같다고.

그러나 제이미슨은 이제 셔츠를 입고 있었다. 허리까지 오는

----

* 레즈비언을 칭하는 속어.

플란넬 셔츠라서 그녀가 팀버랜드 부츠 끈을 묶으려고 허리를 굽히자 갈색 등이 슬며시 드러나 아이리스를 감질나게 했다.

옷을 다 입은 제이미슨은 거울로 가서 사진을 한참 바라보았다.

"아름다운 아이야." 그녀가 말했다. 그러더니 침대로 돌아와서 아이리스의 이마에 부드럽게 입을 맞췄다. 그리고 떠났다.

17
멜로디

이제 집은 다시 조용해졌고 색종이 조각도 청소기로 싹싹 빨아들였고 아이리스는 맨해튼의 자기 아파트로 돌아갔고 여기 사는 어른들은 술기운에 곤히 잠들었다.

어떤 멍청한 인간이 취해서 내 드레스 옆구리에 흘린 레드와인을 나는 이제야 발견한다. 내 침대에 누운 맬컴은 대마초 기운에 헤실헤실 웃고 있다. 나는 생각한다. 어쩌면 이번에는 우리도 제대로 해볼 수 있을지 몰라.

"안녕." 그가 말한다.

"너도 안녕."

"루가 취해서 정신을 못 차리던데." 맬컴이 말한다. "그 뺀질 뺀질한 냥이가 그렇게 술에 약하다니 말도 안 돼."

맬컴은 그런 말을 쓴다. 냥이라든가 쿨하다든가 다이너마이트 같은.

"보드카에 완전히 코를 처박고 마시더라니."

나는 가서 그가 내 드레스 지퍼를 내려줄 수 있게 등을 내민다.

"너 드레스 밑에 무슨 신식민주의 유물 같은 걸 입고 있는 거야?"

"신빅토리아풍이라고 하지 그래. 코르셋이야. 오래된 거, 있잖아. 결혼식처럼 대대손손 전해내려오는데 계속 모양이 바뀌는 그런 거."

맬컴은 웃음을 터뜨린다. "너희 가족은 완전 뼛속까지 부르주

아구나. 수백만 번쯤 말한 것 같지만, 와, 시발. 오늘밤은 진짜. 처음부터 끝까지 전부 다." 그는 머리를 절레절레 흔들며 손으로 허공에 빙글빙글 원을 그렸다. 나도 안다. 그는 누가 봐도 빤한 게이다. 스물한 살이 안 되고 눈이 두 개 달린 인간이라면, 게이와 스트레이트를 막론하고 누구나 알아볼 수 있다. 스스로 보기를 거부한 채 이해하지 못하는 쪽은 어른들이다.

"그러고 나서 너희 할머니 교회에서 온 그 꼰대 아저씨가 부인하고 춤을 추다가 내 귀에 대고 치근덕거리는 거야. 차에서 만나자라나 뭐라나. 여기가 브루클린인 걸 모르나. 우리가 무슨 어두컴컴한 도로에 주차를 할 수 있는 것도 아니고. 자기 쪼글쪼글한 거시기를 내가 빨고 싶어한다고 생각한 거야 뭐야."

내가 코르셋에서 가슴을 자유롭게 풀어주자 맬컴의 눈이 휘둥그레진다.

"쟤들이 우리는 자유다, 고마워요, 예수님! 하면서 환호를 하네. 이리 와봐."

나는 아빠의 낡은 티셔츠를 주워 입는다. 앞에 빨간색으로 오벌린 칼리지라는 글씨가 쓰인 회색 티셔츠다. 아이리스가 처음이자 마지막으로 아빠에게 선물해준 그 티셔츠는 내 허벅지까지 내려왔다.

그리고 나는 머리를 수건으로 감싸고 맬컴 옆 침대 위로 올라갔다. 그가 뒤에서 나를 포옹했다.

맬컴은 내 가슴을 양손으로 살포시 받쳐들고 한숨을 쉰다. "완벽한 세상이라면, 얘네들이 내 거일 텐데." 그는 말한다.

우리가 애무를 넘어 진도를 나가보려고 단 한 번 시도했을 때가 맬컴이 우는 모습을 본 처음이자 마지막이었다. "너를 원하길 바라, 너무나 간절하게." 그가 속삭였다. 그 무렵 우리는 일 년째 사귀는 커플이었다. 우리가 캠퍼스를 돌아다닐 때는 맬컴이 내 어깨에 팔을 둘렀고 친구들과 함께 주말에 영화를 보러 갈 때는 그의 손이 내 손을 꼭 잡고 있었다. 그러나 우리가 아는 건 우리 둘 다 알고 있었다. 그래도.

"나한테도 그런 일이 언젠가는 생길 거라고 생각하니, 맬크. 섹스 말이야."

"시발, 멜로디. 당연하지, 당연하고말고. 너는 씨발 아름답고…… 내 말은, 젠장, 어렸을 때부터 나는 네가 되고 싶었어. 네 머리카락과 네 엉덩이와 네 입술과 네 눈을 원했고—지금 네 완벽한 형태의 젖꼭지를 보라고! 네 조막만한 허리와—" 그러면서 맬컴은 내 손을 치켜들고 손등에 보드랍게 입을 맞췄다. "심지어 네 완벽한 손도 갖고 싶어. 백인 남자애들은 너를 보지 못하고 흑인 형제들은 그냥 멍청한 거야. 그렇지만 네 섹스는 올 거야. 내 말 믿어."

나는 몸을 돌려 그의 가슴에 머리를 파묻는다. 이마에 펄떡이는 그의 심장박동이 느껴진다. 그가 품질을 보장하는 폴로 향수 냄새가 난다.

"너는 어때? 네 첫 경험은?"

그는 깊이 심호흡을 한다. 그가 입을 열자 피곤한 목소리가 흘러나온다.

"패그*한테 섹스는 쉬운 일이야. 내가 찾는 건 사랑이야. 사랑을 달라 이거지."

 "그래." 나는 하품 사이로 말한다. "진짜 사랑."

 "너는 오늘 사교계에 데뷔했잖아, 멜로디." 그가 졸린 목소리
로 말한다. "우리가 앞으로 가져올 변화에 세상이 웬만큼 대비하
고 있는 것 같아 신나지 뭐야."

---

 * 남성 동성애자를 비하하는 속어인 'faggot'의 줄임말.

18
세이비

이런 오후 여기 앉아서 나는 그 시를 생각해…… 누구더라, 던바*였던 것 같은데 이제 확신이 안 드네. 늙으면 이렇게 된다니까. 뭐가 머릿속에 떠오르기 시작하는가 하면, 금세 휙 달아나지. 기억하고 싶은 것들을 잊게 만들고. 어떻게든 잊으려고 분주하게 노력하는 기억을 되살리고. 이런 오후에는 포보이와 오브리가 너무 그리워.

시는 이렇게 시작해, 톰의 집에서 지난밤 성대한 파티가 열렸다

---

* 미국의 시인, 소설가(1872~1906). 도망 노예의 아들로 태어나 흑인 방언이 살아 있는 시로 유명했으며 미국에서 인기를 끈 첫 흑인 시인이었다.

네Dey had a gread big pahty down to Tom's de othah night. 이 시 생각만 하면 웃음이 비어져나온다니까. 시인이 단어들을 가지고 벌인 유희를 봐. 원래의 철자법과 다른 철자를 썼지만, 소리가 같으니 의미가 통하잖아. 옛날에는 시 전편을 외울 수 있었는데. 사람들이 모이면 우리 엄마는 내게 그 시를 낭송해보라고 시켰지. 웅변처럼. 아이리스와 오브리에게 멜로디가 그 시를 외우게 하면 좋겠다고 했지만, 그애들은 멜로디가 뭔가를 외운다면 그건 누군가의 랩송일 거라고 했지. 모두 다 그건 안 될 말이라고 했어. 그래서 그애들을 댄스학교에 보내 케이크워크를 비롯해서 그날 밤 춘 사교댄스를 배우게 하는 것으로 타협했지.

나는 좋은 글을 외우는 게 좋아.

기억은 그런 게 있어. 과거의 자리로 데리고 가서 그곳에 한동안 머물게 해주거든. 오브리가 죽고 정확히 오 년이 되었네. 그때쯤은 내게 아들이나 마찬가지였는데.

내가 거기 갔었냐고? 당연하지! 평생 처음 보는 구경거리였어Was I dah? You bet! I nevah in my life see sich a sight.

던바가 맞아. 이제 확실해졌어. 폴 로런스 던바. 내 이름은 세이비 엘라 프랭클린이고 나는 폴 로런스 던바의 「파티」를 낭송하길 좋아하지.

암이 오브리의 엄마를 삽시간에 앗아간 뒤 우리 모두 포보이가 다음 차례라고 생각했지. 포보이에게도 암이 그렇게 빨리, 악성으로 찾아왔으니까. 아, 그 사람이 최후의 나날에 겪은 고통이란, 나는 차마 도저히—솔직히, 나는 그이가 차라리 떠날 수 있게 도와주고 싶었어. 집을 병원처럼 꾸미고 거실 한가운데 그이의 침대를 놓았지. 그이가 빛을 보고 싶어했거든. "당신한테 부탁할 건 하나밖에 없어, 세이비. 그냥 빛이 제일 잘 들어오는 곳에 있게 해줘." 그래서 우리는 그이를 여기 두었어. 어떤 날 아침에 내려와보면 그이는 저기 누워서 창밖을 내다보며 울고 있었지. "너무 아파, 세이비. 나 너무 아파." 그런 날에는 그저 가루로 빻은 진통제를 섞은 오렌지주스를 먹여서 그가 깊은 잠에 빠지게, 그러다가 결국 멀리 떠나버리게 해주고 싶은 마음뿐이었어. 하지만 그럴 수는 없었지. 멜로디는 준비가 안 되어 있었어. 아이리스도 준비가 안 되어 있었고. 준비하고 있는 사람이 나밖에 없는 것 같았지. 나는 이 세상이 내게 선사해준 포보이의 모든 걸 알았거든. 병상에 누워 있는 저 남자는 그저 고통받는 신체에

불과했어. 내 포보이의 껍데기였을 뿐이야. 그래서 내 마음이 그렇게 갈가리 찢겼던 거고. 하지만 그러면 그이는 말했지. "책을 읽어줘, 세이비. 그냥 당신 목소리를 듣고 싶어. 그 던바 시를 좀 읽어줘."

정말이지, 그 던바의 시를 읽으면 우리는 웃고 또 웃게 된다니까. 흑인들이 점잔을 빼면서 백인 말투를 쓰려고 하는 게 너무 웃겨. 시인이 의도한 대로 던바의 시를 읽어주면 포보이도 웃음을 터뜨렸지. "우리 세이비는 시를 어찌나 잘 읽는지. 마음먹은 대로 뭐든지 할 수 있다니까!" 우리는 둘 다 던바의 글을 좋아했어. 그는 사실 우리 그냥 있는 그대로의 우리로 살면 안 되겠습니까, 동포 여러분? 우리 그냥 가면을 벗고 웃고 춤추고 먹고 말하면 안 될까요?라고 말하고 있었어. 그러면서도 뻔뻔스럽게 폴 로런스 던바라는 이름을 썼지. 꼭 새끼손가락을 새침하게 치켜들고 불러야 하는 이름 같잖아. 그는 나와 포보이로 하여금 우리 종족의 온갖 면모를 생각하며 고개를 절레절레 젓게 했지.

주님, 포보이가 그리워요. 그이가 너무 많이 보고 싶어요, 주님.

나는 갓 열일곱 살이 되었을 때 성인식을 했어. 가끔 그렇게 하기도 했어. 열여섯, 열일곱, 열여덟. 스물한 살까지 기다리는 사람들도 있었지. 하지만 아이리스가 아기를 가진 후로 내 마음이 초조해졌던 것 같아. 멜로디가 태어나자마자 포보이에게 그 애의 성인식은 최대한 빨리 치러줘야겠다고 말했거든. 멜로디는 다르리라는 걸 알았어야 했는데. 가끔 상식이 한 세대를 건너뛸 때도 있다는 걸 알았어야 했어.

내 드레스는 흰색이었어. 우리는 늘 흰색을 입거든. 멜로디는 파란색을 입고 싶다고 했지만 내가 안 된다고 했지. 내 드레스도 티드레스 기장이라 나는 오어바크백화점이 아직 있던 시절 엄마가 사주신 흰 구두를 신었어. 그 백화점에 들어가 판매원이 나를 자리에 앉히고 내 발을 잡으면 참 특별한 기분이 들었지. 돌봄을 받는 느낌이랄까. 판매원은 내 발을 비스듬한 발판 같은 데 올리고는 그 밑에 어떤 장치를 놓았어. 너무나 특별한 사람이 된 기분이었지. 그러고 나서 판매원은 몇 가지 다른 사이즈로 고른 구두들을 갖다주었어. 그들은 자기가 하는 일을 정말 소중하게 여겼지. 온종일 사람들의 발을 만지는 일을 세상에서 가장 중요한 직업처럼 보이게 했으니까. 그렇지만 이거 하나는 내가 확실히 말해줄 수 있어. 거기서 걸어나올 때는 발에 꼭 맞는 구두 한 켤레가 생긴다는 사실. 물집이 생기거나 뒤축이 까질 걱정은 할 필요가 없었어. 그런 일은 전혀 없었지.

시작하고 두 시간이 되었을 때 멜로디가 발이 아프다고 했지. 물론 오브리와 포보이는 구두를 벗어도 된다고 했어. 그러고 나서 그 무도회장의 십대 아이들이 모두 맨발로 무슨 차차 같은 춤을 추기 시작했지. 어른들이 시켜서 춘 케이크워크니 린디*니 왈츠가 지긋지긋했던 거야. 격식을 차리다가 그냥…… 요즘 추는 춤을 추기로 한 거지.

그래도 그 난장판을 시작하기 전에, 무도회장의 아이들은 몹시 아름다웠어.

지금 떨어지는 햇살을 좀 봐. 노랗게 물들기 시작한 소나무의 황금빛과 여기 창가에 앉은 나. 기억을 되짚는 할머니.

아이크는 멋진 아가씨를 찾아 미소를 띠고 물었다네. "앉지 않으실래요?"

---

* 지르박 댄스의 일종. 1930년대에 유행했다.

그러자 여자는 고개를 숙여 인사하며 말했지. "오, 그럴 이유가 없는데요."

하지만 아마 그런 게 유행이었나봐, 어쨌든 그녀는 앉았으니까……

아, 내가 낭송을 마쳤을 때 어른들이 얼마나 열심히 박수를 쳐줬던지. 우리 엄마와 아빠는 맨 앞줄에 앉아 계셨지. 너무나 자랑스러운 얼굴로. 아름다운 손을 턱에 괴고 있던 그 당시 엄마를 생각하니 마음이 간질거리네. 그 눈에 가득하던 기쁨이란. 그리고 그 기쁨 아래로 흐르던 크나큰 슬픔도. 인사를 하고 고개를 드는데 엄마 눈에서 금방이라도 떨어질 듯한 눈물이 보였어. 하지만 엄마는 곧 재빨리 고개를 털어버리셨지, 마치 나는 괜찮아라고 말하듯이. 괜히 법석을 떨면 엉덩이를 때려줄 거야라고 말하듯이.

주님, 저는 지쳤어요.

여기 앉아 있으니 보고 싶은 사람이 너무 많구나. 주님, 저를 여기 남겨둔 이유를 말씀해주세요. 너무 오래, 너무나 오래 살아 있는 느낌이 들어요. 이제 저도 데려가실 때가 되었어요.

나는 징조를 찾으며 나날을 보내. 오늘 그 징조는 마루를 가로 질러 춤추는 빛이고, 입에 빵 한 조각을 물고 화드득 나무를 타고 올라가는 다람쥐, 창턱에 앉은 홍관조야. 푸른빛 도는 검은 피부를 지닌 남자가 모는 쨍한 파란색 자동차야. 학교에서 돌아와 "할머니, 그렇게 하루종일 앉아 계셨어요? 저런, 저랑 같이 나가서 아이스크림콘이라도 사먹어요"라고 말하며 들어오는 멜로디야. 그리고 초저녁에 공원 벤치에 앉아 있는 우리야. 앉아서 핥아먹는 우리. 앉아서 핥아먹는다.

천국의 자리에서 포보이는 내게 버티라고 말해. 그저 조금만 더 계속하라고. 멜로디와 아이리스가 서로를 이해할 수 있을 때까지만.

나는 늙었지만, 노력하고 있어. 천국 문 앞에 가는 그날이 오기만 바라며. 하느님은 장부를 내려다보며 말하겠지. "잘했다, 세이비. 이제 집으로 오렴. 집으로 오렴."

19
멜로디

빛 속을 세차게 밀어붙이며 나아가던 기억이 있다. 아이리스
의 두려움 속으로. 할머니의 눈빛에 담긴 온기 속으로. 내게 닿
던 손들이 기억난다. 너무 많았다. 그리고 뭔가 따뜻한 것이 내
몸을 둘둘 단단히 감쌌다. 내게서 무언가 잘려나가고 내 얼굴에
서 무언가 걷히고 내 눈에 기름 같은 게 발리던 기억이 있다.

"양막 조각이었지." 할머니는 여러 해가 흐르고 또 흘러간 후
에 내게 말해주었다. "네 이마와 왼눈을 덮고 있었어. 틀림없이
그 간호사가 채어가서 간직하고 있을 거야."

그리고 그들이 마침내 나를 그녀 가슴에 놓아주었던 때를 기

억한다. 내가 얼마나 단단히 꼭 달라붙었는지. 그녀 눈에는 두려움이 깃들어 있었다. 한때 나는 얼마나 절대적으로 굶주렸던가. 그녀에게. 그녀에게. 그녀에게.

20
아이리스

제이미슨이 떠나고 나는 정말로 그 자리에 선 채로 죽어버리는 줄 알았다. 아무도 내게 이걸―어떻게 침대에서 나와 계속 움직이는지―가르쳐주지 않았다. 그리고 그후로 며칠, 애써볼 때마다, 나는 파도처럼 덮쳐오는 현기증에 비틀거리며 나동그라졌다. 그녀의 체취가 여전히 나의 너무도 큰 부분을 차지하고 있어서 숨을 들이마실 때마다 아팠다. 아무도 내게 어떻게 먹는지, 어떻게 삼켜야 하는지 가르쳐주지 않았다. 그래서 나는 거기 누워 있었다. 날이 움직여 밤이 되었다가 낮이 되었고, 복도에서는 늘 그렇듯 학생들이 그들답게 살아가는 소리가 들렸다. 나는 그대로 누워 웃음소리에 귀를 기울였다. 서로의 이름을 부르는 사람들의 소리를 들었다. 복도를 지나가는 플립플롭 샌들 소리를 들었다. "어이, 잘 지내?"를 들었고. "이봐, 바이런, 아직 그 시험 안 쳤어? 형한테 정답 좀 풀어놔봐"를 들었고. "아, 어젯밤에 너에 대해서 무슨 얘기를 들은 게 있는데"를 들었고. "뭐? 뭔데? 이번엔 또 누가 거짓말을 퍼뜨리고 다니는 거야?"를 들었고. "우리 여기서 DST* 지부를 시작해야 해. 어떻게 흑인 사교클럽이 하나도 없을 수가 있지"를 들었다. 밤늦게 무언가 암호가 들리고 나서 "확인해봐"라는 소리도 들었다.

서서히 제이미슨의 체취는 나 자신의 악취가 되었다. 마침내 침대에서 내려온 건 딱히 살기 위해서가 아니었다. 씻고 먹고 집에 전화를 걸고 목소리를 듣기 위해서였다. 수화기 저편에서 나를 사랑하는 누군가의 목소리를 듣고 싶었다.

"엄마, 아이리스예요."

"안녕, 우리 딸. 잘 지내니? 포보이와 방금 네 얘기를 하던 참이다. 마침 전화가 울려서 보니 너네."

---

* 흑인 여학생 사교클럽 델타시그마세타(Delta Sigma Theta)의 약자.

"멜로디하고 통화할 수 있어요, 엄마?"

며칠 후 잼을 보았을 때, 그녀는 머리카락을 사방으로 펼치고 잔디밭에 누워 있었다. 내가 모르는 여자애가 그녀 옆에 다리를 꼬고 앉아 있었다. 둘은 깔깔 웃고 있었고, 여자애의 손이 잼의 배에 동그라미를 그리고 있었다. 내가 거기 서서 그들을 바라보고 있는데 잼이 고개를 들어 내 쪽을 보더니 미소를 지었다.

"안녕, 잼."

"안녕. 시간이 훅 지나가버렸네."

"그러게."

"우리 괜찮은 거지?"

"그래." 나는 말했다. "우리 괜찮아."

오브리가 만일 물어봤다면 나는 그 이전에 남자가 아주 많았다고 말해줬을 것이다. 처음은 열세 살, 어릴 때 알고 지내던 남자아이였다. 먼지처럼 흰 피부, 완벽한 아프로 머리에 영원히 이어질 듯한 속눈썹을 갖고 있었다. 나는 우리가 사랑에 빠졌다고 생각했고 우리는 그애 어머니가 아래층에서 TV를 보고 있을 때 그애 방에서 처음 그걸 했다. 침묵 속에서 나는 아파서 소리를 지르지 않으려고 베개를 꽉 움켜쥐었고, 아래층에서 "조사에 따르면……!" 하고 말하는 TV 소리를 들었다. 그 소리가 들리고 또 들렸다. 그리고 박수 소리가 이어졌다. 그러나 나는 그애와 데이트를 하는 사이가 아니었다. 우리는 우리가 하던 일에 아무 이름도 붙이지 않았다. 그래서 일주일 뒤 어여쁜 푸에르토리코 여자아이를 한 팔로 감싸고 걷는 그애를 보았을 때, 나는 위층 내 방으로 살그머니 기어올라가서 독감이라고 꾀병을 부리고 며칠 동안 침대에서 나오지 않았다. 다른 남자애들이 이어졌고 나는 재빨리 그들을 사랑하지 않는 법을, 대신 내 몸안에 있는 그들의 느낌을, 그들 입술의 맛을, 그들이 나를 안는 방식을 사랑하는 법을 배웠다. 그러나 그 이상은 아니었다.

그런 식이면, 우리는 괜찮았다. 그런 식이면, 나는 괜찮았다.

"그럼 됐어. 나는 그 수업은 수강 취소했어." 잼이 말했다. "그래서 안 보였던 거야. 다 헛소리였어. 그렇지만 우리 얼굴은 보고 지내자."

잼은 다시 눕더니 그 여자애와 조용히 대화를 나누기 시작했다. 학년이 끝나갈 무렵이었다. 나는 오브리에게 줄 회색 오벌린 티셔츠와 멜로디를 위해 '미래의 여성 동문'이라는 글씨가 쓰인 아주 작은 티셔츠를 산 참이었다. 둘 다 곱게 접혀 내가 손에 들고 있던 봉투에 들어 있었다. 나는 그 봉투를 들고 있다는 것도 까맣게 잊고 있다가 바닥에 부드럽게 툭 떨어지는 소리를 듣고서야 정신을 차렸다.

21
멜로디와 아이리스

이른새벽, 멜로디와 아이리스는 커다란 집에 단둘이 앉아 있
다. 아이리스는 어머니의 흔들의자에, 멜로디는 그녀 발치의 마
룻바닥에. 그 모든 일을 치르고 나서, 세이비는 불과 황금에 대
해 이야기해주었다. 불과 황금.

상을 치렀다. 장례식. 무덤가의 기도. 세이비의 관에 흩뿌려지
는 흙. 재에서 재로, 우리는 머지않아 다시 만날 거예요, 그리고
그들은 세이비의 관을 내려 오브리와 포보이의 곁으로 보냈다.

그리고 식사.

옷과 수건과 겨울 코트를 싸고. 세이비의 구두들은 깔끔하게 상자에 넣어 굿윌*에 보낸다. 부활절 예배에 쓰고 갔던 단벌 가발. 검정과 파랑과 짙은 초록색의 어린 양 가죽 장갑. 진주와 금 목걸이는 멜로디에게. 결혼반지는 아이리스의 손가락에. 극장에 갈 때면 포보이가 손목에 채워주는 걸 여러 번 봤던 다이아몬드 팔찌. 언제나 오거스트 윌슨의 연극들이었다. 오래전 한번은 성당에서 무대에 올린 〈무지개가 찬연할 때/ 자살을 생각했던 유색인 소녀들을 위해〉를 보러 갔었다. 세이비는 눈물범벅이 되어 돌아왔다. "그 여자는 정말 우리의 이야기를 해줄 줄 알아"라고 했다. 그리고 작은 샷글라스에 브랜디를 따라 고개를 젖히고 단번에 비운 후 천천히 계단을 올라 침대로 갔다.

이제 8월 초순이었다.

"너 준비됐니?" 아이리스가 물었다.

"응." 멜로디가 말한다. "태어날 때부터 준비돼 있었어."

---

* 기부받은 중고품을 판매해 마련한 기금으로 사회자선 및 공익사업을 펼치는 비영리재단.

일생이, 가족이, 아기가, 가정이 있었다. 제이미슨 이후로, 첫 남자애 이후로, 오브리 이후로 너무 많은 것이 있었다. 아, 오브리, 아이리스는 이제 생각한다. 아, 오브리. 내가 너무 미안해.

그 하룻밤이 있었다. 그녀가 오브리와 처음 자고 나서 몇 주밖에 되지 않았을 때, 니커보커 애비뉴의 모퉁이를 돌자 처음 보는 여자와 꼭 붙어선 오브리가 보였다. 그의 손이 여자의 티셔츠 속으로 들어가 어둠 속에서 가슴을 움켜쥐고 있었다. 그는 울었고 그녀는 용서했다. 오래전, 까마득히 오래전의 일이다. 아, 오브리. 내가 죽도록 미안해, 그녀는 다시 생각한다. 우리가 미리 알았더라면.

불과 황금 그리고 재로 돌아간 오브리. 그들이 몇 주고 붙여두었던 대자보. 이 사람을 보았나요? 대자보가 너무 많았다. 폭발해 역사가 된 사람들이 너무 많았다. 그러나 어쩌면 살아남았을지도 몰라. 어쩌면 첫번째 비행기가 충돌했을 때…… 아, 오브리.

그날 아침 아이리스는 연기를 보자마자 라디오를 틀고 귀를 기울였다. 그리고 달려가며 울고 또 울었다. 어퍼웨스트사이드의 아파트에서 브로드웨이를 따라 육십 개 블록을 달렸다, 목이 타고 심장이 멎을 것만 같았다. 그러나 심장은 멎지 않았다. 그녀는 앞을 볼 수 없을 때까지 달렸다. 연기와 먼지와 재가 그녀를 덮을 때까지 달렸다. 경찰이 더 가까이 가지 못하게 막을 때까지. 그리고 쓰러졌다. 13번가와 브로드웨이의 교차로에서, 그녀는 쓰러졌다. 사방에서 그녀의 종족이 비명을 지르고 달리며 쓰러지고 있었다. 어떤 깊숙이 매장되어 있던 DNA가 풍선처럼 부풀어 어머니가 해준 털사 이야기들로 변화했다. 그녀는 이것을 느꼈던 적이 있다. 또한 세이비도 이걸 느꼈다. 그리고 교실에서 TV로 지켜보고 있을 딸아이도 불타는 털사의 꺼지지 않은 검불을 느꼈다는 걸 알았다.

비가 무섭게 쏟아지고 있었다. 빗물은 강물이 되어 연석을 따라 흘렀고 층계 옆 전봇대에 붙은 '팝니다' 표지에서도 물이 뚝뚝 흘러 떨어졌다. 흔들의자와 아이리스가 업타운의 아파트로 다시 가져갈 '취급 주의' 상자들을 제외하면 집은 거의 텅 비어 있었다. 멜로디의 여행가방들, 침구, 프린스 포스터는 이미 차에 실어두었다. 오벌린까지 차를 몰고 가는 데 걸리는 시간은 여덟 시간이 채 안 된다.

그때 아이리스는 창문을 보며 어머니가 벽돌이 든 것처럼 무거워 보이는 가방을 들고 택시에서 내리던 기억을 떠올린다. 침실 창문을 내려다보던 열다섯 살의 임신한 자신을 떠올린다. 늦은 한밤의 망치질 소리와 포보이에게 "전부 꼭꼭 밀봉해야 해"라고 거듭 외치던 어머니의 목소리를 떠올린다.

"그러면 우리 해보자." 아이리스가 이제 말한다. 허탈한 기분이다. 자신을 묶은 줄이 다 끊어져나간 느낌. 자유가 이런 느낌일 거라고는 전혀 생각하지 못했다.

계단으로 걸어가서 맨 아래 발판 밑에 쇠지렛대를 쑤셔넣고 딸이 망치를 휘두르기를 기다린다. 멜로디를 쳐다보며 아이리스는 오랜만에, 처음으로 딸에게서 자기 모습을 본다. 고개를 드는 방식에서. 출발선에 선 달리기 선수처럼 지금 그녀 쪽으로 허리를 굽히는 모습에서. 준비.

"거기 아무것도 없더라도," 아이리스는 말한다. "우리는 괜찮을 거라는 거, 너도 알지?"

"나는 항상 괜찮았어, 아이리스." 멜로디가 망치를 치켜든다. 비처럼 세차게 내리친다. 이러고 있을 시간이 없다. 맬컴이 스탠

퍼드로 떠나게 되어 그날 저녁 도심에서 고별 파티가 있을 예정이었다. 밖에서 그녀의 친구들이 기다리고 있다. 그녀는 망치를 들었다가 다시 내리친다.

그리고 그것이 거기에 있다. 갈라지고 부서진 소나무 널판과 석회 먼지 속에. 엄마의 눈에 담긴 슬픔 아래. 자동차 경적을 빵빵 울리며 그녀의 이름을 불러대는 친구들의 시끄러운 소리 아래. 그들 둘만 남기고 모두가 떠나버린 텅 빈 집에, 그것이 있다. 은은하게 빛난다.

감사의 말

살아 있는 이들:

줄리엣 & 토시 & 재나 & 멜러니 & 세라 & 지네 & 클레어 &
뎁 & 딘 & 도널드 & 낸시 & 캐슬린 & 린다 & 제인 & 가족 저녁
식사 멤버들 & 오델라 & 호프 & 로만 & 카스 & 타야리 & 재니
스 & 말리 & 게일 & 마리아 & 콰메 & 제이슨 & 크리스

선조들:

조지애나 & 메리 앤 & 로버트 & 케이 & 오델 & 앨빈 & 앤 &
거너 & 로빈 & 데이비드 & 베로니카 & 호프 & 그레이스

후손들:

과거와 장래와 언뜻 비치는 빛 속의 모든 젊은이.

에게 감사하며

고리가 끊어지지 않게 하소서.

하지만 붉게 피 흘리는 마음이 있었다

이 책은 이렇게 시작된다. "하지만 그날 오후에는 음악을 연주하는 오케스트라가 있었다."

하지만. But.

영문법의 규범조차 파기하고 거두절미 부정으로 시작하는 이야기다. 이 '하지만'이라는 짧은 관계사 앞에 생략된 무수한 문장의 가능성은 냅다 독자의 상상력을 도발한다.

아마도 아프리카계 미국인의 성인식에 호화로운 오케스트라가 있다는 사실을 앞세워, 흑인의 역사를 자연스레 빈곤의 대물

림과 연관짓는 통념에 도전하려는 의도일까. 하긴 브루클린의 브라운스톤 저택에 살면서 손녀를 맨해튼의 사립학교에 보내는 흑인 가족은, 주류 담론에서 흔히 재현되는 흑인의 표본은 분명 아니다.

자본주의 미국에 정착한 흑인 중산층의 역사를 다루는 이 소설에서 돈은 중요한 화두다. 첫 문장은 손녀의 성인식에 오케스트라를 불러올 수 있는 새미포보이의 경제력을 전면으로 끌어올린다. '가난한 소년poor boy'이라는 이름을 지닌 흑인 남자가 일군 재력과 교양은 찰스 디킨스의 『위대한 유산』과 같은 자수성가 신사의 형성을 떠올린다. 다만 새미포보이와 세이비의 자수성가는, 털사 인종 학살의 지워진 역사를 디딜 때 비로소 진짜 의미를 드러낸다. 파괴된 것들의 재건으로, 또 빼앗긴 권리의 복원으로 재구성된다. 디킨스의 성장소설이 새로운 세력인 부르주아의 도덕적 권위를 역사적으로 선포했다면, 브라운스톤 저택의 주춧돌, 털사의 황금은 선조들이 빼앗긴 삶의 품위와 경제적 권위를 되찾는 당위를 선포한다. "검은 일족이 흰 일족보다 훨씬 더 많이 가지게 되고 그게 잘못됐다는 인식이 퍼"질 때 대학살이 일어났던, 참담한 역사를 딛고 쓰러졌다 "일어서고" 또 일어선다.

막대한 미국의 부를 누릴 아프리카계 미국인의 당당한 자격을 선포하는 멜로디의 성인식은, 이처럼 1921년의 털사 인종 학살로부터 2001년 9월의 9. 11 테러에 이르는 아프리카계 '미국인'의 종족 서사 한가운데 위치한다. 사적인 의례는 굽이굽이 휘돌아가는 선조들의 기나긴 대열에 의미를 부여하고, 오로지 그 선조들의 대열 속에서만 의미를 부여받는다. 멜로디는 성인이 되지만, 그 짧고도 긴 시간 속에 수많은 심장이 부서지고 수많은 목숨이 스러져 재로 돌아간다.

　성인식의 화려한 무도회장에서 춤을 추는 멜로디의 세대는 "너무나 검고 사랑스"럽고 지켜보는 어른들은 모두 "까맣고 파랗게 멍든 것처럼 마음이 아"프다. '재와 황금'의 시적인 이미지는 소설을 떠받치는 두 축이다. 얼핏 덧없어 보이는 개개인의 서글프고 벅찬 삶이 모이고 고여 굽이굽이 휘도는 선조들의 대열을 이룬다. 춤을 추는 멜로디는 오래전 엄마 아빠가 혼외로 낳은 자식이 아니다. "서사다. 하마터면 잊힐 뻔한 누군가의 이야기다. 기억이다."

　그리하여 이 소설은 종족 기억의 구전 서사다. 바로 호메로스의 서사시처럼 말이다. "하지만"이라는 한마디로 재클린 우드슨은 서구문화 정체성의 근간인 서사 장르를 소환한다. 인 메디아스 레스In Medias Res. '서사의 중심으로'라는 의미의 이 라틴어는 호메로스와 베르길리우스, 존 밀턴으로 이어지는 서사시 전통의 대표적인 장르 규범을 말한다. 장대한 시간대를 아우르는 서사시의 특성상 자질구레한 설명을 생략하고 사건의 한가운데로 뛰어들어 이야기를 시작한다는 의미다. 사건의 앞뒤로 유장한 역사의 맥락이 흐른다. 서사시를 통해 개인의 삶은 종족의 역사에 뿌리를 박는다. 이 소설은 짧고도 아름다운 종족 서사시다. 어느 비평가의 표현대로 "압축의 기적"이며 "불과 196쪽에 달하는 가족 대하 서사"다.

하지만.

하지만 이 소설은 종족이라는 이름으로 한 사람 한 사람의 삶을 뭉뚱그리지 않는다. 거대한 역사의 흐름은 은은한 배경으로 흐르고, 수많은 등장인물 한 사람 한 사람의 삶 그 순간순간이 눈부시도록 찬란한 구체성으로 스포트라이트를 받는다.

특히 아이리스와 오브리는 오래도록 잊을 수 없는 캐릭터다. 어떤 통념과 전형에도 얽매이지 않는, 생생하게 살아 있는 그저 한 사람이다. 야심을 위해 아기와 헌신적인 파트너를 떠나는 캐릭터는, 우리가 읽어온 이야기 속에서 언제나 남자였다. 하지만 이 이야기에서 아기를 지키겠다고 고집한 십대의 미혼모는 출산 후에야 비로소 자기 삶을 구속하는 "역겨운 항구성"을 인식하고 창밖에서 "아직 살아보지 못한 삶의 거대함"을 느낀다. 그리고 "뇌 속에서 무언가 변화"하는 지적 호기심의 불꽃에 휩싸여, 아기의 아빠에게 깊은 상처를 주고 아기를 버리고 자기실현을 위해 떠나간다. 재클린 우드슨은 이 아이의 마음을, 그 어떤 도덕적 판단도 없이 담담하게, 사려 깊고도 세심하게 그려낸다. 엄마가 떠나간 빈자리는 상처를 남긴다. 헌신적이고 다정한 아빠가 메꿀 수 없는 상처가 남는다. 아이는 어느 순간부터 엄마를 엄마라고 부르지 않기로 마음먹는다. 재클린 우드슨의 시선 앞에, 그 누구도 옳거나 그르지 않다. 그저 각자의 삶을 순간순간 선택하며 최선을 다해 살아가는 사람들일 뿐이다.

간명하지만 함축적이고, 섬세하지만 허를 찌르는 도발은 작가 재클린 우드슨의 힘이다. 아동문학의 월계관 뉴베리상을 무려 네 차례나 수상한 재클린 우드슨은 늘 전형을 탈피하고 경계를 가르는 글쓰기를 해왔다. 예를 들어 『메스암페타민의 달빛 아래 Under the Meth Moon』에서는 서서히 마약의 유혹에 빠져드는 모범적인 백인 여학생의 심리를 눈부시고 세심하게 묘사해 화제가 된 바 있다. 십대의 임신과 혼외로 낳은 아이의 양육, 레즈비언의 사랑, 피부가 흰 혼혈 흑인 등 이 책에서도 논란이 될 만한 주제가 많이 다뤄지지만, 섣부른 판단이나 당위는 찾아볼 수 없다. 그저 각자의 마음을 찬찬히 들여다볼 뿐이다.

아기에게 젖을 먹이면서도 이미 멀리멀리 떠나버렸던 아이리스는, 대학에 진학해 제이미슨이라는 여학생을 만나고 처음으로 걷잡을 수 없는 사랑에 빠진다. 레즈비언이 무엇을 의미하는지도 모르는 채, "뼈에 붙은 붉은 살점"을 느낀다. 자기 안의 "무언가 덜 익어 피 흘리고 있는 느낌"이라고 말한다. Red at the Bone. 바로 이 책의 원제다. 고기가 속까지 푹 익지 않아 뼈다귀 근처의 살점에 붉은 피가 비치는 상태를 말한다. 멜로디에 따르면, 흑인 학생들은 이런 덜 익은 붉은 살점을 먹지 않지만, 백인 여자애들은 아랑곳없이 포크로 치킨 살을 뼈에서 발라내 먹는다.

덜 익은 마음, 언제나 스치면 쓰라린 여린 살점 같은 마음, 그 "벌거벗은, 껍질이 홀딱 벗겨진 듯한 욕망"이 이 이야기 속의 모든 인물을, 맬컴, 캐시마리, 새미포보이, 세이비, 이 모든 잊을 수 없는 캐릭터들을 펄떡펄떡 살아 꿈틀거리게 한다. 덜 익어 피 흘리는 마음 깊은 자리는, 결코 침범당해서는 안 될 인간성의 핵심이고, 그렇기에 개인의 기억은 박해받은 종족의 기억과 이어진다. 그렇게 이 짧은 소설은 시와 산문을 넘나들고, 하마터면 잊힐 뻔한 미시적이고 거시적인 역사를 품고 아우른다.

　　마지막으로 덧붙여, Red at the Bone의 번역은 원어의 색채 어감을 좀더 살린 '뼛속은 붉어서'와 '덜 익은 마음' 두 가지를 놓고 고민했었다. 하지만 정확히 말해 '뼛속'이 붉은 것은 아니어서 편집진과 논의 끝에 '덜 익은 마음'으로 결정했다.

김선형

지은이 **재클린 우드슨**
미국의 소설가. 2014년 전미도서상을 수상하고, 2015년부터 2017년까지 미국시인재단에서 임명한 청소년문학 계관시인으로 활동했으며, 2018년과 2019년에는 미국의 회회도서관이 임명한 청소년문학 홍보대사였다. 2020년 맥아더 펠로십을 받았다. 코레타 스콧 킹 어워드를 세 번, 뉴베리상을 네 번 수상했다. 대표작으로 『미라클의 소년들』 『꿈꾸는 갈색 소녀』 『또다른 브루클린』 등이 있다.

옮긴이 **김선형**
서울대학교 영어영문학과를 졸업하고 동 대학원에서 박사학위를 받았다. 세종대학교와 서울시립대학교에서 연구교수로 재직했다. 옮긴 책으로 『솔로몬의 노래』 『뼈』 『테러블』 『셀린』 『프랑켄슈타인』 『가재가 노래하는 곳』 『시녀 이야기』 『은하수를 여행하는 히치하이커를 위한 안내서』 등이 있다. 2010년 유영번역상을 받았다.

문학동네 세계문학
덜 익은 마음

초판 인쇄 2021년 10월 15일 | 초판 발행 2021년 10월 25일

지은이 재클린 우드슨 | 옮긴이 김선형
기획·책임편집 정혜림 | 편집 류기일 이현정
디자인 김마리 이원경 | 저작권 김지영 이영은 김하림
마케팅 정민호 정진아 김혜연 정유선 | 홍보 김희숙 함유지 김현지 이소정 이미희
제작 강신은 김동욱 임현식 | 제작처 상지사

펴낸곳 (주)문학동네 | 펴낸이 염현숙
출판등록 1993년 10월 22일 제406-2003-000045호
주소 10881 경기도 파주시 회동길 210
전자우편 editor@munhak.com | 대표전화 031) 955-8888 | 팩스 031) 955-8855
문의전화 031) 955-8896(마케팅) 031) 955-8861(편집)
문학동네카페 http://cafe.naver.com/mhdn | 트위터 @munhakdongne
북클럽문학동네 http://bookclubmunhak.com

ISBN 978-89-546-8299-2 03840

www.munhak.com